妖精様としたたかな下僕

Ami Suzuki
鈴木あみ

CHARADE BUNKO

Illustration

みろくことこ

CONTENTS

妖精様としたたかな下僕 ―――――――― 7

あとがき ―――――――――――――― 221

そろそろＤＴ部数回目の会合がお開きになるという個室居酒屋の中。

料金を徴収して店員を呼ぶ今回の幹事、小嶋葵生《こじまあおい》を尻目《しりめ》に、他のメンバーたちはそれぞれの恋人と連絡をとっていた。

帰るコールをする者あり、電話で迎えを頼む者あり、届いていたメールに返事を打ち込む者ありだ。

そもそもＤＴ部とは、高校の同窓会で再会した童貞たちが、童貞卒業を目的に集まっていたはずの部だった。

にもかかわらず、発足から一年近くたった今、部員四人中三人までもが男の恋人をつくってしまっている。

（完全に趣旨を外してるよな……）

葵生は頭を抱えるが、だからこそ恋人ができても誰も童貞を卒業できず、「ＤＴ部」は「ＤＴ部」として、今でもつつがなく存続しているともいえるのであった。

そして今、恋人がいないまま残されたのは、葵生ただひとりとなっていた。

「おまえさあ、ほんとに誰もいねーの？」

榊《さかき》は迎えに来た恋人の車で、真名部《まなべ》はタクシーで、いつものようにそれぞれの恋人と暮らす部屋へ帰っていく。

二人だけになると、ふいに白木《しらき》が問いかけてきた。白木はDT部部員たちの中で、高校時代から最も葵生と親しかった友人だった。

「いたら今頃DTじゃねーよ」

「そうか？　相手が男だったら、俺たちと同じようにDT兼彼氏持ち、ってことありうるじゃん」

「……別に彼氏だっていねーって」

白木は探るような目で見上げてくる。

「なーんか不思議っつーか、違和感あるんだよな」

「違和感って？」

「おまえ、昔からけっこうもててたし、高校のときから合コンとかよく行ってたじゃん。なのにこの歳《とし》までDTのままっていうのがさ」

「俺、やっぱ軽く見える？」

小さく笑って問い返せば、白木は困ったような顔をする。

「軽く……ってわけでもないけどさ」

まあそれほど真面目《まじめ》とか、堅物《かたぶつ》とかでないことは否定しない。

「DT部を結成したときだって、合コン企画したりしてただろ？　それも最近しないじゃん」

「おまえらみんな彼氏持ちになっちまったのに、今さらそんなもん企画してどーすんだよ？」

それを言い出せば、今のＤＴ部の存在意義そのものを問われることにもなるのだったが。

「それともおまえが合コンしたいとか？」

「んなわけないだろ」

「だよな。合コンなんか行ったら、須田《すだ》にきっついおしおき食らいそうだもんな」

「るせーよっ」

白木は、抗議はしても否定はしない。当たらずといえども遠からずで、否定できないのだろう。

「……ま、合コンったって、俺どっちかっていうと性格的に盛り上げ役になっちゃうほうだからな。昔からあんまり美味《おい》しい思いできてねーんだよ。それにもててたのにＤＴだってんなら、おまえも一緒だろ」

葵生と白木は、どちらかといえばちょっと似たタイプなのだ。だからこそ気が合っているとも言えた。

「俺の場合は……今思うと、他の子とそういう気になれなかったのはさ、……あの頃からあいつのこと……」

白木はそう言ってごにょごにょと口ごもった。白木がつきあっている須田は、高校時代の同級生だ。当時から須田のことが好きだったから、女の子といくらつきあってもその気になれなかったのではないかと彼は言うのだった。

「だからさ、おまえにもそういうやつ、いたんじゃないのかって」

「いるわけねーだろ」

ばかばかしい、と言わんばかりに答えながら、内心では少しだけ狼狽《ろうばい》する。ごまかすように、白木を地下鉄へ追いやろうとした。

「さっさと彼氏んとこへ帰れよ」

「俺は自分ちに帰るだけだっての！　同棲《どうせい》してるわけじゃねーんだから！」

「時間の問題だろ」

と、葵生は笑う。

「――先輩」

ふいに後ろから、声をかけられたのは、そのときだった。

「うわっ」

葵生は思わず飛び上がりそうになった。

いやというほど聞き覚えのある声に振り向けば、予想したとおりの男がすぐ後ろに立っていた。

ひとつ年下のくせに、十センチも背が高い。切れ長の目に鼻筋のすっきりと通った顔をして、ふだんは人懐っこい笑みを浮かべているのに、たまに少しだけ怖い。

「おまえ、なんでこんなところにいるんだよっ」

「偶然このあたりに来たら、先輩見かけたからさ。——白木さんですよね。先輩がいつもお世話になってます」

と、津森《つもり》は白木に視線を向ける。

「……こちらこそ。……っていうか、おまえ、たしか……」

「津森大樹《たいき》です。小嶋先輩とは高校のとき同じ吹奏楽部で」

津森が自己紹介すると、白木はああ、と声を上げた。

「そういやよくうちの教室にまで来てた……！」

三年間同じクラスだった白木は、葵生の当時の交友関係にも明るい。

「覚えてくれてました？　昔から先輩たち仲いいですよね。社会人になってもつきあいが続いてるなんて」

続いているというか、メールのやり取り程度に疎遠になっていたのが、同窓会での再会を機に復活したようなものだ。

そのあたりの事情は、津森も知っているはずなのだが。

「そっちこそ。最近でも小嶋とよく会ってんの？」

「まあ、同じ会社ですから」

「同じ会社ぁ!?」

何か胡散臭《うさんくさ》いものでも見るような目で、白木は葵生のほうを見る。

「聞いてねえよ?」

「って、敢《あ》えて言うような話でもないだろ」

俺、そろそろ帰るわ、と葵生は言った。これ以上、あまり突っ込んだ話をしたくなかった。

「明日も会社だし」

というのは、別に嘘《うそ》ではない。レコード会社勤務だと、日曜に休めることは案外少ないのだ。

「じゃあな」

「あ、先輩。そこに車停《と》めてあるから送るよ。白木さんもどうですか?」

津森は、葵生をブロックするように絶妙な位置に立ちながら、白木にも声をかけた。

「え……でも」

白木は、津森と葵生を交互に見る。その視線に、なんとなくぎくりとした。やがて白木は首を振った。

「あー、でも方向違うし、ここから地下鉄で一本だから。じゃ、またな!」

白木は手を振って階段を下りていく。

その背中を見送りながら、気づかれただろうか、と葵生は思っていた。

(白木、けっこう鋭いんだよな)

葵生がDTなのは嘘じゃない。

だけど彼には、仲間たちには秘密にしていることがあるのだった。

「——なんで言わねーの？　彼氏がいるってさ」

二人きりになった途端、津森は問いかけてきた。

「……聞いてたのかよ」

「今日会ってた人たち、みんなホモなんだろ？　だったら、言っちゃってても問題ないと思うんだけどな」

「誰が彼氏だよ」

「やることやってんだから、そう間違ってないと思うけど」

「やることだけな」

「じゃあセフレ？」

「図々しい。いつのまに勝手に出世してんだよ。下僕だ、下僕。そう言っただろ」

津森とのことを誰にも言えずにいるのは、そのせいだった。

DT部メンバーの交際相手はみな同性だから、たしかにそういう意味では秘密にする必要はない。

ただ、彼らと決定的に違うのは、葵生とこの男とは、愛しあっているわけではないという部分だった。

「セフレって出世なの？」

「さあな。それより、おまえ、なんでこんなとこにいるんだよ？　偶然とか嘘だろ」

葵生はやや強引に話を変える。

「今日DTたちと会うのは聞いてたからね。くそ忙しいときに幹事が回ってきて選んでる暇がないって言う先輩に、この店教えたの俺だから場所わかってたし」

ＤＴ部では、会合のたびに持ち回りでひとりが店を決めて予約を入れ、待ち合わせの連絡も回すことになっているが、メンバーに同性の恋人がいる男が三人、微妙な話題や少々過激な話も出るので、個室があるほうが望ましい。そして値段もまあ手頃で——となると、手持ちの店がなかった。

ちょうど会社で新しい企画が大詰めに入っていて、時間的精神的余裕がなくて焦っていたときに、この男が今日の店を紹介してきたのだった。

「どうせそろそろお迎えに呼びつけられんじゃないかと思って、早めに来てたんだよ。優秀っしょ？」

「下僕としてな」

「つれねーの」

「あ、こら……！」

隙《すき》を突くように唇を奪われる。ほんの軽い接触なのに、不本意にも心臓が小さくときめいてしまう。

（こんなの、違うのに）

葵生はその感覚を振り払い、慌てて津森の胸を押し返した。

1

高校時代、葵生は先輩として、けっこう津森を可愛《かわい》がってやったつもりだった。

懐かれて、普通に後輩として可愛かったということもあるし、裕福ではあってもあまりよいとは言えないらしい家庭環境に同情したということもある。一緒に帰るたびにコンビニで弁当を買う男を放っておけなくて、家に呼んだり、ラーメンやファストフードを奢《おご》ったりしたこともあった。

そんな関係も、葵生の卒業とともに終わった——かと思いきや、津森は翌年同じ大学へと進学してきたのだ。

偏差値と立地がちょうどいいところを選んだら、たまたま被《かぶ》ったのだと彼は言っていた。

——まあ、先輩もいると心強いしね
偶然だとしても、疎遠になったことを少し寂しく感じてはいたから、彼が来たことはやっぱり嬉《うれ》しかった。

津森が葵生と同じ軽音楽同好会に入ってくると、二人の仲はほぼ元通りに復活した。

――女の子には洋楽好きな子、あんまいなくてさ

と言いながら、津森はよく葵生をライブに誘ってきたし、逆に葵生が合コンに行くと言えば必ずついてきた。

彼が成人してからは、飲みに行ったりもするようになった。

「先輩、俺彼女に振られたんだ」

津森がそんなことを言い出したのは、葵生が大学四年、津森が三年になったある日のことだった。

いつもの居酒屋で、津森はいつもよりずっと早いペースでグラスを空けていた。けれども、もともとザルの彼は、さほど酔ってはいないように見える。

「えっ……」

正直ちょっとだけ、ざまあみろと思わなかったこともない。

先輩である葵生が未《いま》だ童貞であるにもかかわらず、津森は高校時代からすでに彼女を取っ替え引っ替えしていたからだ。正確なところは知らないし知りたくもなかったが、その数は十人ではきかない。葵生は、軽く心が浮き立ちさえした。

それでも茶化すのをやめたのは、こんな話を津森がしてきたのは、このときが初めてだったからだった。

いつもなら気がつけば別れていて、

――やっぱ先輩と遊ぶほうが楽しいわ

などと言う、そのくせすぐまた次の娘《こ》ができる。いつどういう別れかたをしたのか、聞いたことさえないほどだった。

それが今回に限って、自分から口にするなんて。

(今度の娘は、それだけ本気だったってことか……)

思えば、そういう空気はなんとなく感じてはいたのだ。

サークル活動中でも葵生と二人で会っているときでも、津森はしょっちゅう彼女にメールをしていたし、ろくに見てもいないが、ツーショットのプリクラを撮ってスマホの裏に貼《は》ったりもしていた。

そして何より、葵生への誘いの電話が減った。

以前は本当にしょっちゅう声をかけてきたくせに、彼女とつきあいはじめてからは、めっきり少なくなっていた。

それは他の女の子たちとつきあっていたあいだにはまったくなかったことで、今度の娘は違うんだ、と理解しないわけにはいかなかった。

その事実は、やっぱり先輩より女なのかよ、と葵生を面白くない気持ちにもさせたものだったのだが。

(こういうとき、酔えないのも辛《つら》いのかもな)

と、ザル気味の津森に同情しながら、彼のグラスにビールを注《つ》ぎ足す。

「いったいなんで別れたんだよ？」

「……私のこと好きじゃないんでしょう、って彼女が言うんだ」

と、津森は答えた。

「まあ同じようなこと、今までの彼女たちにもよく言われてたんだけど」

「でも、今度の子のことは本当に好きだったんだろ？　少なくとも、今までの女とは全然違うように俺には見えたよ」

「……そう思う？」

「ああ」

「そっか……」

津森は苦い顔で笑った。

「そうだろうね」

「……津森」

「……今度こそ上手くいくんじゃないかと思ってたんだ、俺」

「うん」

葵生は、テーブルに突っ伏す津森の頭を撫《な》でる。

「慰めてくれんの？」

「一応、先輩だからな」

自分とはまるで違う、まっすぐでさらりとしなやかな感触に、葵生は少し戸惑った。長いつきあいになるのに、男同士では髪にふれる機会など滅多になかった。

「先輩、か……」

やがて酔いが回りはじめたのか、寝落ちしてしまいそうになった津森を無理矢理起こして、葵生は居酒屋を出た。

（あんなに飲ませなきゃよかった）

もしかしたら顔に出なかっただけで、途中からけっこう酔っていたのではないだろうか。だが、今頃気づいても遅かった。

葵生自身も酔っていたにもかかわらず、近距離だがタクシーを使って、津森を家まで送り届けるはめになった。

彼は、父親の持ちものだというこの近くのマンションで、ひとり暮らしをしていた。

2LDKとはいえ、リビングが少なくとも十二畳くらいはある。学生用としては、来るたびに少し羨《うらや》ましくなるほどの部屋だった。この立地でこの広さだと、賃貸なら家賃はどれくらいするものだろう。

葵生は自分より大柄な津森をソファにどうにか下ろし、そのままへたり込みそうになる身体に鞭《むち》打って、冷蔵庫からミネラルウォーターを持ってきてやる。

「ほら」

蓋《ふた》を開けて差し出すと、その手をふいに摑《つか》まれた。

（え……？）

くるりと視界が反転する。気がつけば、あっというまに津森に押し倒されていた。

「ちょ、津森……っ？」

そのまま重みをかけられ、押しのけようとしても、身体の上から退《ど》いてくれない。もがくうちに、ソファからラグの上へすべり落ちてしまう。

「っ痛う、おまえそんなに酔ってんなら、ベッド行って寝たほうが――」

「……あおい」

「えっ？」

葵生は思わず目を見開き、顔を上げた。

（……名前、呼ばれた？）

出会って四年、ずっと「小嶋先輩」だったのだ。名前のほうで呼ばれたのは、これが初めてのことだった。

たったそれだけのことにどぎまぎして固まってしまう。葵生を見下ろして、津森は微笑《わら》った。

「っ……」

やわらかい感触が、唇にふれてきた。

(……キス、されてる……?)

たかがキス。だがそれでさえ、葵生にとっては初めての経験だった。

「な、何やって……っ」

驚いて唇を開けば、その隙にぬるりと舌がすべり込んでくる。

「やめ、んんっ」

何が起こっているのか、よくわからなかった。

(俺は男だぞ……!?)

やはり津森はひどく酔っているのだ。だからこんなことをするのだ。

だが葵生自身もまた、大差ないほどに酔っているようだった。押し返そうにも力が入らなかった。

「ん、やめ」

逃れても、また塞《ふさ》がれる。深く舌をからめとられる。

「……葵生」

今まで聞いたこともないような低い声で囁《ささや》かれ、腰のあたりがざわざわした。

(おまえ、誰だ)

いつもの津森とはまるで別の男に見えた。人懐っこい大型犬が、突然狼《おおかみ》にでも変わってしまったかのようだった。

「ずっとこうしたかった」

「何を、バカな……っ」

「好きなんだ」

「す、好き……?」

(津森が、俺を好き?)

葵生は思わず目を見開いて、固まった。

考えたこともなかった。

津森のことはずっと後輩として可愛がってきたし、とりわけ仲のいいサークル仲間でもある。けれども男同士で、彼をそんな対象として考えたことなどなかった。

そして津森もそれは同じだったはずだ。第一、知り合ってから今まで、ほとんどずっと彼には女がいたのだから。

(おかしいって、絶対)

そう思うのに、囁かれるたびにどんどん力が抜けていく。

「好きだよ、葵生」

シャツを脱がされ、酔って火照《ほて》った肌をじかに撫で回されるのが、ひどく心地《ここち》よかった。

津森の唇は顎《あご》にふれ、その下へと移る。

「……っ……」

ひどくくすぐったくて、葵生は首を反らし、喉《のど》を晒《さら》してしまう。津森はそこを舐《な》め、きつく吸って、さらに少しずつ降りていく。

やがてそれが乳首を捉《とら》えた途端、痺《しび》れるような感覚が走った。

「……っや……っ」

「感じるんだ?」

「……っちが、放せ……っ」

「やだよ」

舌先でつつかれ、執拗《しつよう》に舐《ねぶ》られて、どうしても声が漏れる。

(乳首なんかで……っ)

感じてしまうのが恥ずかしくて、感覚を散らそうと葵生は何度も首を振った。

「あ、あぁ、あぁっ……」

「硬くなってきた。嫌がってても、すぐコリコリになるんだよな」

「え……?」

津森の言葉に、一瞬だけ頭が冷える。

こんなことをされるのは、勿論《もちろん》初めてだ。なのに今のは、まるで以前にも何度もしたことがあるかのような言いかただった。

（なんで……？）

けれどもそんな小さな引っかかりは、胸の粒を吸い上げられるとすぐに溶けてしまった。

「あ、あ――……！」

こんなところが感じるなんて。

津森は、さらに下へとふれてくる。前を開けられ、手を突っ込んで取り出される。同性にそんなところを弄《いじ》られるなんて、これまで考えたこともない。葵生は何が起こっているのか、よく理解できていなかった。

「葵生……反応してるね。乳首、気持ちよかった？」

「そんな、わけ……っ」

必死で否定しようとする隙にも、先端へ唇を落とされる。

「ひっ――」

躊躇《ためら》いなく舐め上げられ、目が眩《くら》むかと思った。キスもしたことがなかった男に、他人に急所を愛撫《あいぶ》された経験などあるわけがない。初めての咥《くわ》えられる刺激に抗《あらが》えるはずもなかった。

「あっ、あっあっ、やっ、……！」

括《くび》れの部分を嬲《なぶ》りながら、器用に葵生のジーンズを剝《む》いてしまう。その手を押しのけようとしたが、そのたびに舌に翻弄《ほんろう》され、できなかった。

「あぁ……っ、ふあ、あ、や、そこ、あ、あ……！」

「ここ、気持ちいい？」

「や、ああっ、あ……っ」

「可愛いね」

ちゅ、と先端を咥える。

なぜ津森はこんなことをするんだろう？　同じ男のものを口にできるなんて、ゲイだったのだろうか。——否、そんなはずはない。津森には、切れ目もなくずっと女性の恋人がいたのだから。

「あ、あぁっ、あ、やだ、でる……っ」

じゅぶじゅぶと音を立てて激しく出し入れされて、我慢できなくなるのはあっというまだった。

「でるからぁっ、やめ、いく、津森……っあぁぁっ……！」

葵生はあっけなく津森の口の中に吐精してしまった。

身体を引きつらせ、やがてぐったりと身を投げ出す。そしてなかば呆然《ぼうぜん》と薄目を開ければ、葵生の脚のあいだで上衣を脱ぐ津森が目に飛び込んできた。

小さく心臓が音を立てる。長いつきあいとはいえ、肌を見たことなど滅多になかったのだ。綺麗《きれい》な筋肉が乗っていることに、葵生は状況も忘れて見惚《みと》れた。

上半身裸になると、津森は先刻葵生が出したものをてのひらに吐き出した。

「おま、それ……っ」

「飲みたかったけどさ、ローションとかないから」

そのまま後ろへふれてくる。

「ちょ、どこさわって……っ、あ……！」

後孔《こうこう》にずぶりと指先を突き立てられ、痛みと違和感に悲鳴が漏れた。

「……きついな。処女だもんな？」

「やめ、抜け……っ」

「力抜いてて」

津森は聞いていない。

それでも再び先端を舐められた途端、強《こわ》ばりが溶けた。

「あっ――」

ずるずると指が中に入り込んでくる。

（嘘……ゆび、津森の指、が）

信じられない。男同士はその孔《あな》を使うのだと知らなかったわけではない。けれども今、他ならぬ自分自身が、後輩に指を挿《い》れられているなんて。

「葵生、痛い？」

「痛いに、決まってる……っ」

悔しさのあまり、涙目で津森の胸を叩《たた》く。けれどもなんの効果もなかった。

「でもこっち、勃《た》ったままだけど」

かえってそんなことを囁かれて、かあっと顔が熱くなった。

「それは、おまえが舐めるから……っ」

「じゃあ、もっと舐めてあげるから。気持ちよくなって。――いつもみたいに」

(いつも、みたいに?)

「なんだよ、それ……っ、ああっ」

中で指を動かされ、強烈な刺激に思わず声をあげた。

「やだ、そこ、何……っ」

「好きでしょ?　ここされんの」

「あああ……!」

陰茎を咥えられ、中のポイントを指で擦《こす》る。前も後ろも弄られて、全身がぐずぐずに溶けたように快楽に溺《おぼ》れてしまう。

(イきたい、イきたいのに)

決定的な刺激をあたえてもらえない。

「あ、あ、あん……っ」

まるでわざと焦《じ》らされているかのようで、早くとどめを刺して欲しいとさえ思わずにはいられなかった。

だから津森が自分のズボンをずり下げ、凶器のようなそれを取り出してきたとき、葵生はもう抵抗する気持ちさえ湧かなかったのだ。

両脚を抱え上げられ、恥ずかしい格好にかっと全身が熱くなる。反射的に身じろぐ身体を封じられ、あてがわれたものが身体を割りひらく。

「……っ、っあ……！」

先端が挿入《はい》り込んできたとき、痛みで目の前が真っ赤に染まった。泣きわめいてしまいそうになって、唇を噛《か》み締める。

「っ、んん……っ！」

「葵生……ごめん、大丈夫？」

吐息混じりの声が、ひどくやさしく聞こえた。その途端、ぽろぽろ涙が零《こぼ》れた。

「……なわけないだろ……っ」

「ごめん」

津森の唇が降りてきた。軽くふれて、ちゅ、ちゅっと何度も啄《ついば》むのを繰り返す。下唇を舐められてつい開くと、中へ舌が入り込んできた。

「ん、……んっ……」

応《こた》える方法もよくわからずに、吸われるままになる。なぜだか少しずつ身体が楽になってきたのが不思議だった。

その隙を突くように、津森は奥へ身を進めてきた。

「あああ……！」

体内を擦りあげられて、信じられないような濡《ぬ》れた声が漏れた。

「気持ちいいとこあった……？」

「……っ……」

葵生はふるふると首を振った。けれども津森は重ねて問いかけてくる。

「ここ？」

「や、……っあぁ……っ」

先端で探るようにやわらかい襞《ひだ》を擦られる。

「……っやめ、あ……！」

「ここ好き？」

「……き、じゃな、……そこ、だめだ……っや……っ」

そのポイントを突かれると、また涙が溢《あふ》れてしまう。

「辛い？」

「んっ……」

辛い、というか。

それだけではない感覚がある。でも認めることができない。

津森は葵生の手をとって、自分の背中に回させた。

「目一杯爪《つめ》立てていいから」

「……っ」

言われるまま、津森の背中に爪を立てる。そうして縋《すが》ってでもいなければ、おかしくなりそうだった。

「あ、あ、あっ――」

しゃくりあげるたびに、頬《ほお》や耳にキスが降ってきた。

「可愛い。ほんとに可愛い」

津森は何度も囁いてくる。

「葵生、好きだよ」

「嘘……っだ」

「ほんとに好きだ。愛してる」

「津森……っ」

なぜだかぼろぼろ涙が零れた。

葵生は彼の背をぎゅっと抱き締め、初めてのその感覚に堪《た》えていた。

（……？）

目を開けたとき、葵生はすぐには自分がどこにいるのか思い出せなかった。

（この部屋、見覚えがあるような……）

二日酔いでずきずきする額に手を押し当てながら、記憶を辿《たど》る。

（たしか居酒屋で津森と飲んで、そのあとあいつのマンションに連れて帰ってきて……）

そうだ、ここは津森の部屋だ。以前にも終電を逃して泊まったことがある。昨夜《ゆうべ》彼を運び込んだのはリビングだったはずだが……。

その瞬間、一切を思い出して飛び起きた。

「……ッ……‼」

突き抜けた腰の痛みが、夢ではないことを伝えていた。しかも、葵生は裸だった。みるみる肌が赤く染まっていくのが、自分で見て取れた。

恐る恐る隣を見下ろせば、津森が未だ熟睡している。

あまりの顔の合わせづらさに、彼が眠っていてくれたことにほっとしながらも、その平和そうな寝顔を枕《まくら》で思い切りぶっ叩いてやりたくなった。

（……俺にあんな真似《まね》をしておきながら、いい気なもんだよな⁉）

はっきりとした記憶と痛みがあるのに、まだ信じられないような気持ちだった。酔っていたにしても、どうして津森はあんなことをしたのだろう。

――葵生

ちら、と彼の顔を窺《うかが》った途端、昨夜の囁きが耳に蘇《よみがえ》ってきた。ただでさえ熱かった身体が、さらに火照りを増す。

――好きだよ、葵生

何度も名前を呼ばれた。好きだよ、可愛い、とも繰り返された。

――ほんとに好きだ。愛してる

囁きを思い出して、無意識に自分で自分をぎゅっと抱き締める。

（こいつ、俺のことが好きだったのかよ……？）

だから、酔って箍《たが》が外れて手を出してきたのか？

今まで考えたこともなかったけど、そう思うとなんだか怒る気が失《う》せてくるのが不思議だった。いくら好きだったとしても、あれは強姦《ごうかん》だ。ゆるされるような行為ではないのに。

（……俺のことが好き、ってことは、つ……つきあいたいのかな……？）

そう思うと、ひどく気恥ずかしかった。無意識にてのひらで頬を覆い、熱を少しでも冷まそうとする。

(つきあう、って、女の子ともちゃんとつきあったことないのに、男と?)

でも、津森が本気なら、受けるにしろ断るにしろ、ちゃんと考えてやらなければならない。

(つきあうってどんな感じなんだろう)

メールしたり電話したり一緒に出掛けたりだったら、今までだってしてた。

(あとは、キスしたりセックス)

ますます頬が熱くなる。まあ、それも昨日したわけだが。

(他の子とは、どんなふうにつきあってたんだろう?)

正直、考えたくなかった。……というか。

(……でも、なんかおかしくないか?)

と、葵生は思った。

津森が自分を好きだとしたら、説明のつかないことがある。

(いったいいつから?)

知り合ってからずっと断続的に津森には彼女がいたし——いや、それは彼によれば、

——つきあってるうちに好きになるかもしれないだろ? 相手の子にも、それでいいからってOKもらってるし
ということだったからまだしも、一番最近別れた元カノのことは?

津森は元カノを大切にしていたし、彼女のことを愛していなかったとは思えない。そもそ

も昨夜の津森は、彼女に振られたと言って、ひどく落ち込んでいたのだ。葵生のことが好きだったのなら、彼女に振られて落ち込むはずはない。

だとしたら、津森はいつのまに自分を好きになったというのだろう?

まったく辻褄《つじつま》が合わなかった。

(……どういうことなんだよ)

葵生は頭を抱えた。

電子音が鳴り響いたのは、そのときだった。

はっと我に返り、音のしたほうを見れば、ベッドのサイドテーブルに津森のスマートフォンがあった。

彼が起きてしまう、と反射的に手に取ろうとする。着信はメールだったようですぐに止まったが、葵生はそれを取り落とした。

津森は目を覚まさないままだ。

ほっと胸を撫でおろしながら、スマホを拾い上げる。彼と顔を合わせる心の準備は、まだとてもできてはいなかった。

(あ……これ)

ふと、手にしたものの裏側に、プリクラが貼られていることに、葵生は気づいた。

津森と元カノのツーショット写真だ。

そういえば、彼女に貼られてしまったと以前言っていたことを思い出す。いい歳して勘弁して欲しいですよね——と。

そう、だからそれが貼ってあること自体は知っていたし、なんとも思わなかったけれども。

(……ちゃんと見たことなかったけど)

持てばてのひらに隠れる部分だ。普通は見る機会もないし、特に見たくもなかった。だが改めて見てみれば、

(この娘、なんだか……)

笑顔の津森の隣に、やはり笑顔の彼女が並んでいる。小さいうえにあまり鮮明ではないが、明るい色でふわっとした髪の感じや、童顔な割にきつめの目鼻立ちなどが、なんとなく心に引っかかる。

(……俺に似てる?)

首を傾《かし》げながら、ふと二人の脇を見れば、文字が書いてあった。蛍光ピンクのハートマークの中に、大樹&あおい。

「……っ……」

気づいた瞬間、息が止まった。

(あおい……って)

これが彼女の名前だったのか。

昨夜から何度も覚えた疑惑や違和感の答えが、一気にわかったような気がした。

(酔っぱらって、彼女だと思って俺のこと、抱いたのか)

津森は自分を抱きながら、何度も「あおい」と呼んだ。今まで一度もそんなふうに呼ばれたことはなかったのに、なぜなのかとは思っていた。こういうときだから特別なのかとも思い、熱の籠《こ》もった囁きに不思議なときめきさえ感じた。

(……だけど、俺を呼んでたわけじゃなかったんだ)

容姿が似ているだけなら、それが津森のタイプなのかとも解釈できた。でも、名前は。

——好きだよ、あおい
(あれは俺のことじゃなくて)

津森は「小嶋葵生」ではなくて、ちょっと前まで自分の彼女だった「あおい」を呼んでいただけだったのだ。情熱的な口説《くど》き文句もすべて自分ではなく、別れた恋人に向けられたものだった。

——可愛い
ついさっき彼女の写真を見て自分に似ていると思ったのも、本当は逆だった。酔って箍が外れたなんて話じゃない。酔って、葵生と彼女とを混同しただけだった。

——ほんとに好きだ。愛してる
理解した途端に吐き気が込みあげてきて、葵生は口を押さえた。

思い返せば、愛撫の途中に挟まれる言葉には、不可解なものがいくつもあったのだ。いつもみたいに――とか、何度もそういった行為をしているかのような科白《セリフ》が。

彼女に向けて言っていたのだとわかれば、辻褄が合った。

津森に好かれているのだと勘違いして、たいした嫌悪感も持たずにされるがままになってしまった自分が恥ずかしくて、気持ち悪くてたまらなかった。喉の奥から迫《せ》りあがってくるものに堪《こら》えきれない。

葵生は部屋を飛び出した。トイレに駆け込み、胃の中のものを戻してしまう。

「……ぐ、……げ……っ」

胃液が喉を焼き、出すものがなくなっても、吐き気はなかなかおさまらなかった。

そうしてどれくらいうずくまっていたことだろう。それでもようやく少しだけ落ち着き、ほっと息をついて力を抜く。

「あ……っ」

その瞬間、ふいに体奥から零れてくるものがあった。今まで経験したこともない異様な感触に、ぞわっと鳥肌が立つ。

「……っ……」

悲鳴をあげそうになった唇を、葵生は手で塞いだ。

そして恐る恐る視線を落とせば、両脚のあいだに、どろりとした白っぽい液体が垂れているのが見えた。

（……これ、津森の）

本来なら、彼女の中に出されるはずだったものだ。

女の身代わりにされて、気遣いもなく射精されたのだ。

そのことが、急に肉体的な現実感をもって身に迫ってきた。ひどく惨《みじ》めで、ぼろぼろと涙が零れた。妊娠する心配があるわけでもないのに、……否、だからこそ、いっそういい加減なあつかいを受けた気がしたのか。

（汚《よご》された）

愛情からされた行為であったなら、こんなふうには感じなかったかもしれないけれど。

シャワーを浴びて洗い流したい。けれどもそれより、ここにいたくない気持ちのほうが勝った。

トイレットペーパーで雑に後始末だけ済ませると、水を流し、トイレを出る。幸いというか、服は脱がされたまま、リビングのソファの上にあった。

生々しさにまた気が遠くなりながら、手早く身に纏《まと》い、荷物を持って、リビングのドアを開ける。

「――先輩」

後ろから声をかけられたのは、そのときだった。

ざわり、と総毛立ったような気がした。

それでも振り向かずに出ていこうとして、手を摑まれた。引き戻され、廊下の壁に両腕で囲い込まれる。

津森は下だけ手近なものを穿《は》いたらしい、上半身裸のままだった。

「どけ」

「——ごめん」

言いあぐねたようなその科白を聞いて、かっと頭に血が昇った。今さら、ようやく怒りが突きあげてきた。

そう——これが当たり前だったのだ。しばらく呆然として頭が働かなかったけれど、強姦されたのだから、怒るのが当然だった。

好かれているのならちゃんと考えてやらなきゃとか、つきあったらどうなるのかとか、そんなことを思ったのは、全部、全部大間違いだった。

「ほんとにごめん。あんなこと、するつもりじゃなかった。俺、酔ってて、——いや、そんなの言い訳にすんの最低だってわかってるけど」

いつも飄々《ひょうひょう》と余裕のある男が慌てる姿は、ひどくめずらしく映った。こんな場合でなかったら、笑ってやるのに。

津森は続けた。

「でも、先輩のことが好きなんだ。ずっと好きだったんだ」

その科白に、勝手に胸が疼《うず》いた。だがそれはすぐに抉《えぐ》るような痛みに変わる。信じられるわけがなかった。

津森が愛しているのも、可愛いと思っているのも、みんな自分ではなくて彼女のことだったのだから。

「……っ、嘘つき……‼」

震えそうな声を抑える。

「……彼女と別れて落ち込んでたやつが、何を言ってるんだ」

(そして俺をかわりにしたくせに)

「あれは」

「おまえは男と女の区別もつかねーのかよっ⁉ 男に、あんなことするなんて……っ」

「ちが、けど先輩だってそんな抵抗しなかっ――」

睨《ね》めつけると、津森は言葉を途切れさせた。情けなさに泣きそうになって顔を隠す。そんなこと、言われたくなかったし、認めたくなかった。

手の甲で乱暴に目許《めもと》を拭《ぬぐ》う。

「……くそ、飼い犬に手を嚙まれたようなもんじゃねーか……」

「飼い犬って」

「絶対許さねえから……‼」

葵生は、津森の言葉を遮った。

「先輩……っ」

「さわんな‼」

頬にふれようとした手をはねのける。

津森が一瞬身を引いた隙を突き、荷物を叩きつけて、腕の中から抜け出した。靴を突っかけ、彼の鼻先で思い切り扉を閉めて、部屋を飛び出す。

「先輩……‼」

「来んな‼」

来たら一生ゆるさねえ、と子供のような科白を叫び、エレベーターのボタンを押した。

そしてそのまま、ちょうどすぐに開いた扉に、葵生は飛び込んだ。

2

駅まで歩く気になれず、タクシーを拾ってふらふらしながら自宅に戻ると、すぐにシャワーを浴びた。

後ろに恐る恐る指を挿《い》れ、中に出されたものを掻《か》き出す。その感触に、また泣けた。

それでも、何度も奥に射精された記憶がある割にはたいした量ではなかった。そういえば身体もずいぶん汚れていたはずなのにべたついた感触はなくて、津森が後始末をしてくれたのかもしれないと思う。

だがそんなことで怒りが治まるはずもなく、いたたまれなさと恥ずかしさは募るばかりだった。

それから何度も津森からは電話があったが、葵生は出なかった。話す気になどとてもなれなかった。かといって着信拒否をする踏ん切りもつかず、着歴だけが重なる。メールも同じ、見ないまま溜《た》まっていった。

彼は家にも来るだろうか。——そう思うとマンションにいるのも怖くて、友人の家をハシゴして暮らした。顔を合わせたくなかった。

そんなふうにして数日が過ぎた。

(……このままずっと避け続けたら)

いずれ彼からの連絡も途絶え、それっきりになってしまうのだろうか。

すでに四回生の今、就職も決まって単位もほぼ取得を終え、ほとんど大学へ行く必要さえなくなっている。サークルに顔を出すことも滅多にないし、敢えて会おうとしなければ津森と会う機会などほとんどなく、それで何も困るわけでもないことにはじめて気づいて、葵生は驚いた。

このまま卒業してしまいさえすれば、案外簡単に絶縁できてしまうのだ。

自分をレイプした男との仲など、それでいいのかもしれないとも思う。

(犬にでも噛まれたと思って——って、常套句《じょうとうく》だし)

このまま、存在自体を忘れてしまえれば、きっと楽になれる。

それでも、そこまでは思いきることができずにいたある日のことだった。

アパートに転がり込み、世話になっていた友人に、合コンに誘われた。

「イケメンが来ると、女の子集めやすくなるからさ、頼む。このとおり」

泊めてもらっている以上、断りにくかった。

(女の子、か……)

ひさしぶりに合コンに出てみるのもいいかもしれない。外に出るだけでも気晴らしになる。

(それに……)

津森が元カノと知り合ったのは、たしか合コンだったと言っていたような気がした。そのことをふと思い出したら、なぜだか出席したくなったのだ。

(もし俺に彼女でもできれば、あいつとのことは本当に水に流して、もとどおりのつきあいができるかもしれないし……?)

そんなことが果たしてありうるのかと思いながらも、葵生はOKした。

合コンは、それなりに気晴らしになった。

もともと話し好きで盛り上げ上手な葵生は重宝されたし、騒いでいるとよけいなことを考えずに済んだ。

その後も誘われるまま、何度か合コンに出た。

でも。

(……悪くはないけど、そんなに楽しくもないんだよな……)

津森とのことが重く心にのしかかっているからなのだろうか。以前は、もっと合コンは楽しいものだったような気がするのに。

(女の子たち、みんな可愛いんだけど……)

それに葵生は、彼女たちに気に入られる率も高かった。

以前は合コンといえば津森が一緒で、気に入った子はたいてい彼に持っていかれたものだったけれど、彼がいなければ、自分だってこんなにも多くの女子からメアドをねだられるのだ。

（ほらみろ、俺だってもてるんだからな）

と思うと気分がよかった。

なのに、実際にメールしようとすると手が止まってしまう。

女の子は好きだし、早く童貞を卒業したいとも思っていたはずだった。この年頃の青年らしく、ちょっと可愛ければ誰でもいいと思ったことさえあった。向こうから近づいてきてくれるなんて、涙が出るようなありがたい話なのだ。

なのに、なぜ腰が引けるのだろう。

あの娘はちょっと好みから外れていたから——なんて自分への言い訳も、だんだん通用しなくなってきていた。

「終電、なくなっちゃったね」

うっかり長居してしまった合コンが終わり、これからどうするかと考えていた葵生の腕に、するりと華奢《きやしや》な手が巻きついてきた。

たしか、さっきまで向かいの席にいた女の子だった。華やかな容姿で、今日の合コンでは一番可愛かったと言ってもいい。けれども露出の多い服装や、ボディタッチの遠慮のなさなどは、なんとなく葵生の趣味ではなかった。

「小嶋君の家ってどこらへん？」

「え、……っと、中央線の——」

聞かれるままに、自宅の駅名を答えれば、

「あ、意外と近いんだ。ね、今夜泊めてくれない？」

「えっ」

大胆な提案に、思わず絶句した。

願ってもないような美味しい据《す》え膳《ぜん》——というべきなのか。

けれども少しも気持ちが惹《ひ》かれなかった。どう言ったら彼女に不快な思いをさせずに穏便に断れるか、なかば無意識に頭を巡らせる。

そのときふいに、囁きが聞こえた気がした。

——先輩んちは、俺が先約なんだ。ごめんね
（そうだ……いつもこういうときは、津森が助け舟を出してくれてたんだ）

助け舟というか、邪魔というか。

——何、他人のチャンス潰《つぶ》してんだよ？

と、怒ったこともあった。

——だって約束は約束じゃん。え、なに、三人で？　えええ、先輩の変態——

——ちょ、ば、黙れよ……っ！

女の子に白い目で見られて本気で腹が立ったこともあった。でも、そんな会話自体が楽しかった。

ほんのちょっと前の、ただの日常。

なのに、思い出したら泣きたくなった。

タイプじゃない女の子にロックオンされたときも、隣に座った子と話が合わなかったときも、津森がさりげなくフォローしてくれた。何しに来たのかというくらい、彼とばかり話していた日もあったくらいだ。途中で具合が悪くなったときも、女の子そっちのけで彼が面倒を見てくれたし、いつも傍《そば》にいて細かく目を配り、かまってきた。

(だから合コンが楽しかった……？)

ある意味、「合コン」を楽しんでいたわけではなかったのかもしれない。

(……あいつと一緒だったから……？)

合コンだけじゃなくて、ほかのどこへ行って、どんなことをするときも？

そのことに、葵生は初めて気づいた。

「……ごめん、その気ないから」

彼は結局、身も蓋もない言葉で女の子を遠ざけた。

一人になって、シャッターの下りた駅舎の壁に凭《もた》れてうずくまる。

やっぱり、簡単に切り捨てることなんて、できるわけがなかった。

(……なぜって)

ふいに覗《のぞ》けてしまいそうになる本心を追及する勇気もないまま、目を瞑《つぶ》る。

(……だって、ずっと可愛がってきたんだし。……後輩として)

高校で出会って、懐かれるのが嬉しかった。兄弟もいないし、これまで年下に慕われたことなどなかったから、弟ができたかのようで楽しかった。先輩ぶっていろいろなアドバイスをしたり、たまには奢ってやったりもした。しょっちゅう遊びに出かけたし、毎日のように一緒にいた。

大学へ進んでからも続いたそんな繋《つな》がりを、すべて切り捨ててしまう覚悟が、葵生にはできない。

だからといってゆるすこともできなかった。津森はそういう相手を、別れた彼女の身代わりにできるような男だったのに。

「……大丈夫?」

ふいに、ずっぽりと思考の沼に落ち込んでいた葵生の頭上から、知らない男の声が降ってきた。

顔を上げれば、どことなく見覚えのある同年代の男が立っていた。

「終電逃しただけなんで」

誰だっけ、と首を傾げながら答える。

「そうなんだ？　実は俺もなんだよね。……っていうか、俺のこと覚えてない？　一応、軽音楽同好会の幽霊部員なんだけど」

「ああ……」

それで覚えがあったのか、とわかる。

「ね、偶然会ったのも縁だからさ、これから始発が出るまでのあいだ、俺とそこのカラオケボックスでちょっと歌わない？」

と、彼は言った。


男が葵生を連れていったのは、カラオケボックスとしてはそれなりに高いほうの店だった。金曜の夜だというのに待たずに入れて、室内も綺麗で広かったし、つまみもまあまあ美味しかった。

突然の申し出に、正直なところ面食らわないこともなかったけれど、自宅には安易に帰れないし、今世話になっている友人宅は、タクシーで帰るのは躊躇われる距離がある。カプセルホテルにでも泊まるか、ファミレスで朝まで粘るか、ヒトカラか……どうせそれくらいしか選択肢はなかったのだ。

落ち込んだまま一人で過ごすよりは、一応同じサークルらしい男と歌って夜を明かしても、別にかまわないだろう。

男は歌が上手く、葵生の歌にも耳を傾けてくれ、褒めてくれたりもした。

洋楽が趣味で、レコード会社に就職まで決めた葵生は当然音楽全般が好きだったし、歌の上手い人間には点数が甘くなるところがある。

（このまま、友達になるのもありかも）

と、葵生は思いはじめていた。

だからいつのまにか座る位置が近くなっていたのも、初対面にしてはボディタッチが多いことも、特に気にしてはいなかったのだ。

「暑くない？」

「エアコン下げるか？」

「それよか先にジャケット脱いだほうがよくね？」

言われてみればそれもそうだった。まだ朝までは数時間ある。なるべくラフな格好でいるほうがいい。

　葵生は、男に倣《なら》って上衣を脱いだ。

「へえ、けっこう華奢なんだ。上衣着てるとわかんなかったけど」

「それほどでもないと思うけど」

「いやいや、ほら腕とかさ」

　葵生の腕を摑み、自分の腕を横に添えて比べる。

「ほら、全然違うじゃん」

「悪かったな、貧弱で！」

「いやあ、俺はこんくらいのほうが好みよ？」

「はあ？」

「ほら、すっぽり抱き心地もいいし」

　肩に腕を回し、抱き寄せられる。

「ちょ、ふざけすぎだって……！」

　葵生は笑ってさりげなく腕を外そうとするけれども。

「ふざけついでに、もうちょっと楽しいことしない？」

「楽しいこと……？」

「気持ちいいこと」

男はしっかりと葵生の肩を抱いたまま、シャツを捲《めく》りあげ、手を差し入れてくる。

「ちょっ……」

「乳首、弄ったことある？」

聞かれて、かっと頬が熱くなった。自分でしたことはないけれども、津森にされたことを思い出したからだ。男はいやらしく笑った。

「あるんだ？」

「ねーよっ‼　放せ……！」

葵生は身を捩《よじ》ったが、男は放してはくれない。

「冗談だろ、だいたいカラオケボックスでこんなこと……っ」

禁止されているはずだ。しかもドアの大部分は曇り硝子《ガラス》になってはいるが、外からまったく見えないというわけでもないのに。

「実際にはみんなやってんじゃね？」

「そんなわけないだろ……！」

逃れようと必死になりながら、

（……でも）

ふと、魔が差した。

この男とセックスしてみたとしたら、津森のときと同じように感じるんだろうか？

もしかしたら自分はゲイなだけであって、津森が特別なわけではなかったのかもしれない。それならそれで、合コンが楽しくなかったことや、女の子の誘惑に惹かれなかったことも説明がつくのではないか。

「な、気持ちいいことするだけだからさ。いいだろ、俺ほんとはおまえのこと、サークルで見かけてからずっとイイと思ってたんだ」

「あっ……」

反射的に抗《あらが》おうとした手を、ぎゅっと握り締めて堪える。たしかめてみたかった。

男は耳朶《みみたぶ》を舐り、葵生の耳に舌を差し入れながら、シャツの前を開けていく。中に入り込んできた手が肌を撫で、乳首を摘《つま》む。

けれどもそんなことをされても、気持ちがいいなどとはまるで思えなかった。葵生は痛みにびくりと身を竦《すく》めた。

「感度いいね。さすが」

と言われたが、驚いたのと痛みだけで、感じたわけではなかった。むしろ鳥肌が立つような不快感さえある。なのに男は勝手な解釈をして、乳首に唇をつけてくる。

「……っ……」

「可愛い乳首してるね。男もここ、性感帯なんだよね。あとで俺のも舐めてよ」

そう囁きながら吸いつき、舌で捏《こ》ねまわす。片方の手は下へと伸びていく。

「あれ？　全然だね。酒入ってるからかな」

握られた瞬間、堪えがたい嫌悪感が突きあげてきた。感じるどころではなかった。

「ちょ、ちょっ……や」

我慢が限界に達して、男を押しのけようとする。

「悪い、やっぱ俺……」

「何？　今さらだめとか言わないよな？　そんなのゆるさねーよ？」

男はびくともしなかった。葵生を押さえ込み、中心を揉《も》みしだく。しないと言ったはずなのに、後ろの孔にまで手を伸ばしてくる。

（このままだと本当に犯される……⁉）

一気に鳥肌が立った。

津森のときと、全然違っていた。あのときは、むしろふれられて嬉しかったのだ。キスされれば恍惚《こうこつ》とし、さわられたところから蕩《とろ》けるようだった。嫌悪感など微塵《みじん》も感じられなかった。

名前を呼ばれて、好きだと言われて有頂天になった。勝手に勘違いして心が浮《うわ》つきさえしたのに。

「やめろよ、いやだって言ってるだろ……‼」

抵抗をやめない葵生に、男の目が、きらりと光った。

「のらねえなら、俺いいもん持ってんだよね」

「え……?」

葵生を押さえつけたまま、男はポケットからピンク色の錠剤を取り出した。合法ドラッグか、と察して背筋が冷たくなった。

男はそれを自分の口に放り込むと、そのまま葵生の唇を塞ごうとした。

「な、やめろ……っ」

葵生は顔を背けた。必死に男をはねのけようとする。けれども男の力は強く、おそらくこういうことに慣れてもいるのだろう。

「やめろおっ……!!」

大きな音を立てて、ボックスのドアが開いたのは、そのときだった。

「先輩、何やってんだよ!?」

「津森……っ!?」

なぜここに津森が来るのかわからなかった。そもそも居場所など知っているわけがないのに。

でも、顔を見た途端、全身の力が抜けるほどほっとした。犯されかけたことも頭から吹っ飛んで、ただ来てくれて嬉しかった。

(……なぜかって、津森のことが)

好きだからだ。

認めないわけにはいかなかった。

（多分、ほんとはずっと好きだったんだ）

自覚はなかったけれど、いつのまにか好きになっていたのだと思う。昔から、津森は他の後輩や友人とはどこか違っていた。懐かれて嬉しかったし、可愛かった。

だから、身代わりにされたとわかったとき、あんなにもショックを受けたのだ。

抵抗しなかった、と言われたのにも一理ある。

抱かれたいとまで思ったことはなかったし、強姦には違いなかった。それでもどこかで抗いかたが本気ではなかったのかもしれなかった。

簡単にゆるして元通りになることもできず、かといって切り捨てることもできなかった。

「誰だ、おまえ」

男が言い終わらないうちに、津森は彼の襟首を摑み上げ、思いきり殴りつける。男は衝撃で錠剤を吐きだし、ソファに沈んだ。

津森はそのまま男の腕を摑み、荷物と一緒にボックスから放り出す。

男がよろよろと起き上がり、立ち去っていくのが、磨り硝子越しに見えた。

津森はそれを見送りながら、男が落としていった錠剤を粉々に踏み潰した。

「……大丈夫？」

「ん、うん……」

泣きそうになるのを堪えて頷く。

「ほんと、何やってんだか……」

葵生は迷惑をかけた詫《わ》びと、たすけてくれたお礼を口にしようとした。けれども彼に一瞥《いちべつ》された途端、言えなくなった。

「――あんた最近、毎日みたいに合コン行ってんだって？　なんで合コンなんだよ？　俺には、電話にも出てくれねえのに」

「……っお……おまえだって合コンぐらい行くだろ？　俺が行ったら悪いとでも言うつもりかよ……っ」

津森がひどく怒っているのが伝わってきて、声が震えた。でも、これだけは反駁《はんばく》したかった。

（合コンで元カノと知り合ったくせに……！）

けれども津森は聞いていない。

「そんなに彼女が欲しい？　それとも、彼氏のほう？」

これまで、こんなにも津森を怖いと思ったことがあっただろうか。レイプされたときでさえ、これほどではなかった。

ただ首を振る葵生を、津森は有無を言わさない強引さでソファに押し込み、腕を突いて囲い込んだ。

「あんた、自分が何しようとしたかわかってんの？　ドラッグ飲まされて、犯されるところだったんだぜ？　なんであんな男についていったりした⁉」

「し……終電、逃して」

剣幕に押されて、葵生は掠《かす》れた声で答えた。

「始発までカラオケしないかって、だから」

「へえ。先輩は見ず知らずの男と二人で密室で朝まで過ごせるような尻軽だったんだ」

「な……ただのカラオケだぞ⁉」

同性とカラオケに行ったくらいで尻軽あつかいされる覚えはない。しかも一応、相手は同じサークルの学生だったのだ。

「だけど身体中さわられまくってたよな。脱がされて、跡つけられて」

かっと頬に血が昇る。

津森はどこから、どの程度まで見えていたのだろう。なかばパニック状態になって忘れていた疑問を思い出す。

シャツに手がかかる。

「津森……っ？」

そのまま、ボタンを一気に引きちぎられた。葵生は息を呑《の》んだ。こんな乱暴なあつかいは、

あの夜でさえなかったことだった。

逃げようとすれば、ソファの上に突き倒され、覆い被さられた。

「俺が来なかったらあいつにやらせるつもりだったんだろ？　とんだビッチじゃねーか‼」

「ちが……」

違わない。最初は本当に試してみるつもりだった。そのときの葵生を、津森は見ていたのだろう。

でも、すぐに無理だとわかったのだ。

（おまえじゃないと）

そう思った途端、ふいに涙が零れた。

いくら好きでも、津森は自分のことを元カノに重ね、かわりにしただけだ。あの夜示された愛情も、今されているように感じる執着も、自分ではなく彼女に向けられているものなのに。

「え、ちょっ、先輩……⁉」

怒りに満ちていた津森の表情が、ふいに狼狽に変わった。葵生はさらにぼろぼろと溢れてくる涙を、腕で隠す。

（勘違い、しないようにしないと）

それでも、あんなことでもなかったら、津森に抱かれることなど一生なかっただろうと思うのだ。彼はもともと同性愛者ではないはずだし、葵生が彼女に似ていなければ、ふれてくることはきっとなかった。

だとしたら、これはチャンスなのだろうか。

「ごめん……‼」

その途端、はっとしたような津森の声が降ってきた。

「ほんとにひどいことするつもりだったわけじゃないんだ。責めるつもりもなかったし、謝ろうと思って追ってきただけだったんだ。——あんなことしてゆるされるわけないけど、本当にごめん」

「……おまえ、なんでこんなとこにタイミングよく現れたんだよ？　偶然にしてはできすぎて」

「まさか、偶然なわけないだろ。今日の合コンの幹事から終わる頃にメールもらって、最寄《もよ》り駅まで行ったんだ。そしたらあんたがあの男についてくところだった。……隣のボックスにいて、悲鳴が聞こえたから飛び出してきた」

「幹事からメールって」

「こうでもして捕まえなきゃ、会ってもくれないからだろ。だから伝手《つて》を探した。今日の幹事は友達の友達だったんだ」

「ストーカーかよ……」

気持ち悪い、と思うべきなのかもしれない。でも、嬉しいほうが勝ってしまう。

そこまでしたのは、彼が葵生との仲を修復しようとしてくれた証拠だからだ。大切に思われているのだと思う。恋愛感情とは違うとしても。

津森は床に跪《ひざまず》き、葵生の手を取った。

「本当に、ああいうことはもう二度としない。約束する。先輩がゆるしてくれるなら土下座でもなんでもするから。……今やりかけたところで説得力ないかもだけど……」

ここで津森の謝罪を拒否したら、どうなるんだろう、と葵生は思った。津森はゆるされることを諦《あきら》めて、葵生の傍を去っていくだろうか。

津森が身体の上から降りると、葵生も身を起こした。

「……おまえ、したいのか」

「え」

「ああいうこと」

「えっ……」

津森は一瞬、絶句する。

「そりゃ……したいかって聞かれたら、したいけど、でも」

「してもいい」

「え……!?」

津森が目を見開いた。

「……けっこう気持ちよかったし」

「……え」

「ビッチだっておまえが言ったんじゃん」

「いや、それは、つい腹立ちまぎれっていうか、本気で言ったわけじゃ」

言い訳する津森を、葵生は遮った。

「年下のくせに、やっぱ遊んできただけのことはあるよな。酔ってても巧《うま》いっていうか、これならまたやってもいいかなって思った」

「――……それって」

津森の顔に大きな疑問符が浮かんでいる。

「俺とつきあってくれるってこと？」

「何バカなこと言ってんだよ。自分のしたこと考えてみろよ。言える立場か？　レイプはレイプだし、許したわけじゃねーから」

突き放すと、津森はぐっと詰まった。

津森は元カノと同じ名前、よく似た顔の自分を、彼女のかわりにしたいのだろうか。そんなことができるわけはなかった。惨めになるのがわかっているからだ。

でも、これは最初で最後のチャンスなのかもしれないとも思う。津森を自分に縛っておくための。

そしてそうすることは、ある意味彼への復讐《ふくしゅう》にもなる気がした。

「……じゃあ、……セックスだけってこと？」

津森は呆然としている。

「けど先輩、このまえのが初めてだったんじゃねえの？　女だって知らないだろ、それなのに」

「——俺、ホモだと思うんだ」

「はあ？」

静かに口を開くと、津森は声をあげた。

「だったら、今まで合コンとか行ってたのはなんだったんだよ？　童貞捨てたいってずっと言ってたじゃん」

「確信まではなかったし、女の子好きになれたらいいなって思ってたからな。でも、そういう気持ちには結局なれなかった。……あいつに襲われかけても、そんなに嫌でもなかったし」

「嘘だ、嫌がってただろ!?」

「そりゃ……、薬盛られたりするのは嫌だ。当たり前だろ。それに安易に誰とでもするのは危険だって思い知った。……おまえなら一応安全だし、ホモの自覚したのもおまえのせいだし」

「俺の……？」

「やってみたら悪くなかった、って言っただろ。——だからおまえ、責任取れよ」

「責任……」

津森は呆然と鸚鵡返《おうむがえ》しにする。

葵生は薄く笑った。

「おまえ、今日から俺の下僕になれ」

3

「先輩、……先輩、起きて」

津森の声が遠く聞こえる。

（……そういえば、昨日は……っていうか昨日もか……泊まったんだっけ）

目は覚めたものの、まだ起きたくなくて寝たふりを続けていると、彼の手が髪にふれてくる。……気持ちいい。

「シャワー浴びる時間なくなるよ？」

「んん」

「……先輩。……あお」

けれどもその単語が耳に入ってきた瞬間、葵生は反射的に布団をはねのけていた。

「呼ぶなって言ってるだろ……！」

「……ごめん」

剣幕に押されたように、津森は謝った。

絶対に名前で呼ばないこと。

それは彼を下僕にしたときに約束させた条件の一つだった。

あの日から四年が過ぎて、葵生は二十六、津森は二十五歳になっていた。

——下僕って何。何すればいいの。いつまで？

という疑問は、葵生自身にもあったものだったが、下僕生活はそれなりに津森の性に合っていたらしい。

——俺がクビにするまでだ
好き勝手を言う葵生に、おとなしく従っている。どこか楽しげでさえあった。

そしてまた、葵生にとっても悪くなかった。下僕にしたのだから何か命令しないと——というような気負いがあったのは最初だけで、そのうち息をするように我儘《わがまま》を言うようになった。

いいように使うことに罪悪感がないではないけれども、好きな男に目一杯甘やかされている状態には、抜け出せない心地よさがあった。

大学を卒業し、就職してひとり暮らしをはじめると、物理的にもたすかった。残業で終電を逃したり、疲れて電車に乗る気がしないとき、電話一本で迎えに来てもらえる。

そのあとは、気分次第で追い返したり、部屋に泊めたりだ。泊まれば身体を重ねるし、津森は朝食をつくったり、洗濯をしたりもしてくれる。

彼が四回生で暇だったから可能だったことだが、卒業したらしたで、彼は葵生と同じレコード会社に就職してきた。

——一緒に帰ったほうが便利だろ。どうせ送迎やらされんだからさ

入社式で彼の顔を見つけたときの驚きは、今でも忘れられない。

（こいつなら、どんな大きな会社でも入れただろうに）

三渓《さんけい》レコードはそれほど大手ではない。葵生は好きな音楽関連の仕事ができればそれでよかったが、津森にとってはどうだったのか。吹奏楽部に所属していたくらいだから音楽好きであることは間違いないだろうが、安易な約束で、彼の人生を歪《ゆが》めてしまったのではないかと思わずにはいられなかった。

——約束のこともあるけど、レコード会社も面白そうだって思ったのも本当だからさ。先輩が気にすることねーよ。

どっちにしても、もう入ってしまったものはしかたがないんだからという津森の言葉に、葵生は甘えてしまっている。

これでいいのかと思わないわけではなかった。

津森を下僕として縛っておくことにも、自分がＤＴのまま、誰と愛しあうこともなく津森との不毛な関係を続けていくことにも、問題は感じていた。

彼を解放してやるべきなのかと足掻《あが》いたこともある。ＤＴ部を立ち上げたり、合コンを企

画したりしたのもその一環だ。もしかして、自分に他に好きな人ができれば、津森を許してやれるのかもしれないと思ったのだ。

　けれども結局手放せないままで、津森が泊まる回数は増えていく一方だった。

「悪かったって。……でもさ、四年もつきあってるんだから、そろそろ名前で呼ぶくらいはさ……」

「つきあってない」

　葵生は言い捨てて、手近に脱いであったシャツを羽織り、バスルームへ向かう。……あ、これ津森のだった、けどまあいいや、と思う。サイズが大きいぶん、腰までしっかり隠れるのは都合がいい。むかつくけど。

　それにしても、なんだか少しずつ、部屋に津森のものが浸食してきている気がする。

（注意しておかないと）

　恋人じゃなくて下僕なんだから、けじめはしっかりつけなければいけない。そうでないと、部屋と一緒に心まで浸食されてしまう。

「あ、先輩、朝飯何がいい？」

「クロックムッシュ」

　つくってくれるのを当然のように、葵生は答える。

「卵ねーよ？」

「なんでそんな基本的なもんがねーんだよ。買ってこいよ」

「って、ここあんたの家なんだけど⁉」

とはいうものの、葵生は料理をしないので、どうせ津森が食材管理をしているようなものなのだ。

彼の抗議を無視して、葵生はバスルームへ向かった。


風呂から上がると、朝食ができていた。

津森はワイシャツにエプロン姿で、皿をテーブルに運んでくれる。

学生時代から美少年だった男は、今ではスーツの似合う大人の男になっていたが、エプロンもあざとくよく似合った。

(クロックムッシュ)

差し出されたのはリクエストどおりの品。それも焼く前に食パンを牛乳と卵にほどよく浸け込んである、それなりに凝ったつくりのやつだ。前に何度かつくってもらったことがある葵生のお気に入りの一品だった。

(マジで卵買ってきたのか……)

しかも彼は怒るでもなく、笑顔を浮かべている。

(……できた男だよな)

下僕ごっこのきっかけは自分がやらかした行為だとはいえ、よくいやな顔一つせずに続けていられるものだと思う。

(俺なら、きっともう投げてる)

そんなことを思いながら、ついじっとその顔を見つめてしまう。津森は怪訝《けげん》そうに首を傾げた。

「どうした? 味、変?」

「いや。美味《うま》いけど」

「そ? よかった」

「ただ、高校の頃にはコンビニ弁当ばっか食ってたやつが、こんな凝った朝飯、ぱぱっとつくれるようになったのかと思うと、感慨深くて」

「あー、懐かしいな」

まあこの朝食自体は別に凝ってるわけじゃないけど、と津森は言った。

「あの頃よく先輩んちでよばれた、先輩のお母さんの手料理、滅茶美味かったんだよね。あれからかな、やっぱ家でちゃんと調理したものって美味いんだってわかって、一人暮らしはじめてからたまにつくるようになって……まあ自分のためだけに料理するのも虚《むな》しくなってやめてたんだけど、今は先輩が食ってくれるからやりがいあるよ」

「……材料まで買いに行かされて、つくらされてるのに？」

「コンビニ近いからな。こんな早朝でも開いてるし、それほどの手間でもないかな」

「……変なやつ」

そんなことしか言えない自分に、葵生は少し苛立《いらだ》った。いくら下僕とはいえ、感謝しているし、多少は申し訳なくも思っているのに。

だったら命じなければいいだけのことなのだが、津森の料理が食べられなくなるのはいやなのだった。

「あ、そういえば」

母親の話が出たことで、すっかり忘れていた伝言を思い出す。

「母さんが、チケットありがとうってさ。俺からもおまえに礼言っとけって言われたんだけど」

来日した彼女の好きな歌手のコンサートチケットを、津森が回してやったらしいのだ。どういう伝手《つて》を使ったのか、同じレコード会社に勤めているにもかかわらず、葵生には手配できなかった代物だった。

「ああ、別に気にしなくていいのに」

と、津森は言った。

「お礼にってコロッケたくさんもらったし」

「コロッケ？」

「リクエストしたんだ。先輩んちのじゃが芋と挽肉《ひきにく》でつくるやつ、凄《すご》い好きだったからさ。もう食える機会もないかと思ってたから、懐かしくて美味かったな。先輩からもよろしく言っておいて」

葵生から見ればなんの変哲もない、安上がりな普通のコロッケだが、そういえば津森は高校時代、いたくあれを気に入っていた、と思い出す。

というか。

「いつのまにうちの親とそんな交流持ってんだよ」

割と人のいい母親が、津森の家庭環境に同情していたのは知っていたけど。

「高校んときよく家に呼んでもらってたじゃん。あの頃……たしか先輩の帰りが遅いのを心配して、うちの家電《いえでん》に電話もらったときだったかな。携帯の番号だけ交換してたから、そのあとたまにショートメールで年始の挨拶《あいさつ》とかしてて」

知らなかった。

本当に、いつのまに、だ。

「先輩が手配しようとしてだめだったって言ってただろ。それがたまたまなんとかなったから」

「あれ相当取りにくかっただろ。コンサート請け負ってたのもうちの会社じゃねーしさ。おまえ、ほんとどこにでも顔が利くよな」

「まあ渉外部だしね」

津森の所属する渉外部は、海外との交渉を担当する部署になる。業界のパーティーに出る機会も多いし、自然とつきあいが広がっていくのはたしかだ。

だが、津森の顔の広さは、それだけが理由ではないと思うのだ。いつのまにか葵生の母親と親しくなってることでもわかるとおり、持って生まれた人好きのする性格というか、コミュニケーションの巧みさみたいなものが、彼の強みになっているのだと思う。

「あ、そろそろ出ないと」

ふと時計を見上げて津森が呟《つぶや》いた。葵生も慌ててコーヒーを飲み干して立ち上がる。

歯を磨き、スーツに着替えると、津森がネクタイを結び、軽く残る寝癖を直してくれる。

そして葵生の姿を検分し、頷いた。

「よし。今日も、か……」

葵生が上目に睨むと、津森は口にしかけた言葉を呑み込んだ。

名前で呼ぶのは禁止。それ以外にも、強要している下僕のルールはいくつかある。

可愛い。好き、愛してる。などの言葉は、どれも禁句だ。中身のない言葉でも、繰り返されたら本気にしない自信が葵生にないから。

「……行こっか」

津森は車のキーを手に、先に立って歩き出す。

「先輩、今日早いんだろ？　帰り泊まっていい？」

「だめ」

「なんでっ？」

「連チャンとかいやだ。腰が死ぬ」

「犯《や》ること前提なんだ？　やーらしーの」

「……っ、じゃあしないいんだな？　だったら泊めてやるけど？」

他愛もない会話を交わしながら、部屋の鍵《かぎ》をかけ、葵生は彼のあとを追った。


「あ……あ……っ」

中に、津森の指が三本挿入っている。そこはすっかりやわらかくなって、搔き回されるままにいやらしい音を立てていた。

しないしないと言いつつ、結局こういうことになっている。

——明日休みなんだから、いいじゃん

と言われれば、たしかに拒む意味もないような気がしてきて。

——けど、出かけるんだろ……っ
——昼に着けば十分だから
前立腺《ぜんりつせん》にふれられるたび、びくびくと身体が跳ねる。そんな姿を見られているのかと思うとひどく恥ずかしい。

なのに、性器の先端からはとめどもなく蜜《みつ》が溢れてくるのだ。

「あっ、あっ、そこ、ぃや……っだ」

「好き、の間違いじゃなくて?」

「やだって、もう、あ、あ……!」

感じやすいところを刺激されて、腰が浮きあがる。そう——本当にいやなら、津森を押しのけて逃げている。だが葵生はシーツを握り締めたまま、ただ脚を開いて喘《あえ》いでいた。

「凄い、ぐずぐずになってるよ」

「うう……」

「そろそろ挿れていい?」

顔を隠す腕の下から、葵生は彼を見上げる。

「……っ、はやく、しろ……っ」

津森は、葵生の許可がなければ挿れてはならないことになっている。恋人でもセフレでもなく下僕だからいつのまにか定着したルールだが、このルールはむしろ葵生自身にこそダメージが大きいような気がしてならなかった。毎回セックスのたびに、挿入を希《のぞ》んでいるという意思表示をさせられるはめになるからだ。

「あ、あぁ……！」

深く中を抉っていた指が引き抜かれる。その感触にさえ感じて、葵生は背を撓《しな》らせた。

津森はベッドサイドの抽斗《ひきだし》を開け、コンドームの箱を取り出す。

「――あ」

「……？」

ふいに中断した行為に薄く瞼《まぶた》を開ければ、津森は空の箱をひっくり返していた。

「……そういえば、昨日使い切ったんだった」

「え……」

津森は上目遣いに葵生を見つめてきた。

「……ナマでしたらだめかな」

「だ……だめに決まってるだろ……！」

葵生は思わず声を荒らげた。

「たまにはいいじゃんか。孕《はら》むわけじゃないんだからさ。あとでちゃーんと掻き出してあげるから。……な？」

蕩けるような甘い顔で誘惑されて、かっと頰が熱くなる。じかに接する感触を想像して、肉筒がずくりと疼く。それでも、葵生は抗う。

「じ……冗談っ、誰がさせるかっ……」

「先輩だって、ほんとは挿れたいっしょ？　ここ」

「……ッ……ん、……」

後ろにふれられ、ひくりと奥までざわめいた。溶けるような感覚に、葵生は無意識に目を伏せてしまう。

「なあ、どうしてだめなんだよ？」

津森は重ねて問いかけてくる。そのことが津森の中でずっと疑問になっていることは、葵生も感じていた。

「最初のとき以来、一回も中で出させてくれたことないよな？　なんで？　あのあと体調崩したりした？」

「……そういうわけじゃない」

だが、あのときの惨めな思いは、葵生の中でトラウマになっている。二度と味わいたくなかった。

勝手に漏れてしまう喘ぎを殺しながら、葵生は言った。

「でも、とにかく……だめなもんはだめだ。——挿れたいなら、買ってこいよ」

「はあ？　今から⁉　この状態で⁉」

と言う津森のズボンは、はっきりと屹立《きつりつ》を示していた。

「ジャケット着ていけば、わかんねーよ」

「ちょ、上着で勃ってんの隠すとか、俺変質者かよっ⁉」

「……っでも、ナマはいやだ……、行ってこい……っ」

しばしの睨み合いの末、結局いつものように津森が折れた。

「……わかったよ」

深い溜息《ためいき》をついて、ベッドから降りる。開けてあったシャツのボタンを留め直す彼の背中に、葵生は言った。

「……五分で戻ってこいよ」

「五分⁉　無理だろ、いくら近所だからって、行くだけで五分近くかかるって」

「じゃあ、十分」

声に濡れた吐息が混じる。それ以上は、我慢できないと思う。

「一秒たりとも遅れたら……、挿れさせねーから」

「……ったく、この人は……っ」

津森は舌打ちする。そしてそのまま飛び出そうとして、ふと立ち止まった。

「……？」

彼はベッドの端に引っかかっていたネクタイを手に取して、ゆっくりと近づいてきた。顔はにっこりと笑っているけれども、それがかえって怖かった。

「——じゃあさ」

言いながら、彼は葵生の手を握った。そして手首にぐるぐるとそれを巻きつけ、端をベッドの柵に結びつける。

「ちょっ……、外せよっ！」

「戻ってきたら外したげるよ。——俺がいないあいだ、ひとりで愉《たの》しんだりできないようにね」

「な……っ」

「それくらい大丈夫だろ？　たった十分も我慢できねーの？　どうしても自分で抜きたい？」

「……っ」

ふだんは従順な下僕面をしてなんでも言うことを聞くくせに、セックスのときだけは、津森はたまに意地悪になる。

「すぐに帰ってくるから、いい子で待ってて」

彼はジャケットを羽織ると、動けない葵生の唇に軽く口づけて、部屋を出ていった。

「じゃあ、行ってきます」

為《な》す術《すべ》もなくその背中を見送って、葵生は深く湿った溜息をついた。

(言うんじゃなかった……かも)

たかが十分。でもそれが途轍《とてつ》もなく長く思える。

(いや、でも)

やっぱりゴムなしでするのだけはいやだった。どうしても。だったら、待っているしかない。

「はあ……」

奥がずきずきする。なんと言っても、もう挿入寸前だったのだ。すっかり身体はできあがってしまっている。

じっとしていようと思ってもはしたなく腰がうねり、浮きあがる。後孔が勝手に何度も開閉しているのがわかる。楔《くさび》を欲しがって、引き絞る。

「……っ……」

掛け時計を見上げれば、まだ津森が出ていってから、さほど時間はたっていない。

(まだ、五分……)

近所のドラッグストアに着いた頃だろうか。

「……津森……」

はやく、中を埋《う》めて欲しい。

「あ……はぁ……っう」

何もしていなくても息が乱れ、喘ぎ声が零れた。柵とネクタイとが擦れて、ぎちぎちと音を立てる。

（……七分）

多分、縛られた腕は、無理に外そうとすれば外れる。手が自由になれば、自分でイくことができる。でも、もしそれをすれば、

――我慢できなかったんだ？　はしたないな
（そんなことを言われたら）

津森の声を想像した途端、ぞくりと背が震えた。茎を先走りの蜜がつうっと流れていくのまでわかって、恥ずかしくてならない。けれどそのことにさえ感じた。

（ああ……はやく……っ）

ばたん！　とようやく音を立ててドアが開いたのは、そのときだった。

「ただいま、先輩……！　間に合った？」

「十分……三十秒。……遅刻」

時計を見て、どこかふわふわと答える。

「ごめん、エレベーター来なくて、駆け上がってきたんだけど……！」

津森は上着を脱ぎ捨てると、ベッドの上に上がってきた。そのスプリングの軋《きし》みさえ、今

の葵生には苦しい。

「ん……っ……」

喘ぎを漏らしながら、津森を見上げる。駆け上がってきたと言うだけあって、汗が玉になって肌を伝うのがいろっぽい。

「……すっげーやらしくできあがってんな……」

津森は葵生の頬を撫で、身体を眺める。その視線が、下腹で止まる。

「濡れてるし。……もしかして、イった？」

「い……いってねーよっ、も、いいから解《ほど》け……っ」

「許してくれる？」

「あっ……！」

孔にふれ、挿入の許可を求める。それを欲しがって、ひくひくとそこが収縮する。

「ゆるす……、から」

七階まで駆け上がったことに免じて。

だからはやく。

けれども縛《いまし》めを解く前に、津森は覆い被さってきた。

「あ、ばか、解けって……！」

葵生は暴れたけれども、手を縛られていてはどうにもならなかった。

津森は葵生の両脚を抱え上げたまま、自身の性器を取り出す。逞《たくま》しく屹立するそれへちらと視線を落とせば、さらに体奥が熱くなった気がした。

津森はこれ見よがしに購入してきたコンドームを被せ、濡れてひくつく孔に押し当ててくる。その熱を欲しがって、孔が勝手に咥え込もうとする。はしたない身体を制御できない。

「……挿れて、って言ってみねえ？」

見下ろしてくる津森は、すっかり雄《おす》の顔をしている。

「ばか……っ誰が」

「下の口は正直なのにな。さっきから、はやくはやくって。何もしなくても先っぽ呑み込まれそう」

「黙れよ……っ、クビにするぞ……っ」

苦しまぎれに口にする。

「はいはい。——じゃあ、しっかり味わって」

「あ、あんんっ……‼」

そのまま奥まで貫かれ、葵生は嬌声《きょうせい》をあげて身体を撓らせた。挿入の気持ちよさだけで一気に昇りつめ、けれども少しもおさまらない。

「……すげ……滅茶苦茶絡みついてくる……絞られてるみてえ」

感じ入ったような津森の吐息が耳に届く。よほど待っていたみたいで、自分の身体の反応

が恥ずかしい。でも、コントロールが利かなかった。

「あ、あ、ん……っ」

雄を締めつけて、勝手に声が漏れる。早く突いて欲しくて腰が浮きあがる。

「は……気持ちい、このままじっとしててもいけそう」

「……っ、このばか……ぁっ」

膝蹴《ひざげ》りを食らわそうとするが、両脚のあいだに腰を挟み込まれた状態では、まるで上手くいかなかった。

焦れったさに、じわりと涙が滲《にじ》む。それを津森が唇で吸い取っていく。

「……可愛い」

「んん……っ」

禁じた言葉を囁かれたにもかかわらず、きゅうきゅうと奥が引き絞る。叱《しか》りつけようと思うのに、唇を開けば喘ぎになってしまう。

「……ごめん」

と、目尻から頬へ口づけながら、津森は言った。

「好きなとこ突いてあげる」

一度抜かれかけたものが、前立腺を抉って奥まで届く。熟れた内壁を擦られる悦《よろこ》びに、葵生は仰《の》け反《ぞ》った。

「ああ……っ！」

そこ、いい、と唇を突いて出る。

葵生は津森の逞しい凶器を食《は》んで、しっかりと腰に両脚を巻きつけた。

＊

翌朝、津森が目を覚ましたとき、いつものように葵生はまだ彼の腕の中でぐっすりと眠っていた。

（可愛い）

すっかり満ち足りているかのような表情を見ていると、つい微笑が浮かんだ。

下僕という名目にしろ、葵生がつきあってくれるようになったのは、セックスがよかったからなのかもしれない。だとしたら満足してもらえるように、全力で務め続けなければならない。

（まあ単なる役得とも言うけど）

ベッドから抜け出そうとすると、無意識にすり寄ってくるのがまた可愛かった。

「ちょっとだけ離して、朝飯つくるからさ」

と囁けば、ようやく覚醒《かくせい》してきたらしい視線に、じっとりと睨まれる。あ、これは機嫌悪いな、とわかる。

理由は多分、昨夜津森が禁句を口にしたことを思い出したからだろう。

――可愛い

(そう言ったら、気持ちよさそうにきゅうきゅう締めつけてきたくせに)

なぜだめなんだろう、と思わずにはいられない。

(こんなに可愛いのに)

容姿は勿論だが、性格も可愛いと思う。我儘も、むしろご褒美だと思えた。最中に中断してコンドームを買ってこい、なんていうのでなければ。

(あれはほんとにねぇわ)

でも滅多に見られないほどぐずぐずに蕩けた葵生が見られたから、むしろ怪我《けが》の功名だったと言えるだろう。思い出すと、締まりなく顔がにやけた。

男だから、可愛いと言われても褒め言葉に聞こえないのだろうか。

(でも、それだと「好き」とか「愛してる」もだめな理由にならないし……)

好きでもない男から愛を囁かれると鬱陶《うっとう》しいから、というのが最もありそうな答えではあるのだが、正直なところ認めたくなかった。

（……っていうか、嫌われてないとは思うんだよな……）

嫌われてもしかたがないことをやらかしたし、「嫌いじゃない」と「好き」のあいだには大きな溝があることもわかってはいるけれども。

だが葵生は、まったく好意のない男とセックスできるような人間ではないと思うのだ。怒りにまかせてビッチ呼ばわりしたこともあったけれど、実際には違うと知っている。でなければ、未だに童貞であるわけがないのだ。

本人に聞いても絶対に教えてくれない、四年越しの謎《なぞ》だった。

「今朝《けさ》は何食べたい？　なんでもいいよ」

機嫌を取ろうとリクエストを聞けば、

「……オムレツ。いろいろ入ったやつ」

と、まだ不機嫌そうながらも返事が返ってくる。

つきあいはじめて――もとい下僕になって以来、葵生の好みを研究してきた甲斐《かい》あって、オムレツはクロックムッシュと並ぶ葵生のお気に入りの一つになっていた。

こうして少しずつ胃袋を摑んで、好きになってもらえるといい。

（料理とセックスが上手いと、旦那《だんな》は浮気しないって言うしね）

この場合、旦那はむしろ津森のほうだが、この四年葵生が浮気したような形跡はないし、作戦はまずまず成功しているのではないかと思う。

「了解。そのあいだにシャワー浴びておいでよ。食ったら出かけよう」

「んん」

くぐもった返事が返ってくる。

津森はその頭を撫でて、ベッドから起き上がった。

今日は二人が卒業した、青葉《あおば》学園高校の学園祭の日だ。

吹奏楽部の後輩の後輩からチケットを買わされたので、一緒に覗きに行く約束になっていた。


家を出るのが少し遅くなったので、青葉学園に着く頃には、吹奏楽部のコンサートは開始直前だった。

急いで体育館に駆け込み、席を取る。

間もなく演奏がはじまった。

プログラムは、行進曲や交響曲を中心に、流行歌やテレビドラマのテーマソングなどのアレンジも織り交ぜたものになっている。素人《しろうと》の客も飽きさせない構成にするのは、津森たちがいた頃から変わらなかった。

曲のサビが来ると、ただ一人だけ管楽器の奏者が立ち上がった。同時にスポットライトが彼を捉える。

力強くソロで聴かせる、最も盛り上がるシーンだ。

(……懐かしいな)

走馬灯のように、あの頃の思い出が脳裏を過《よぎ》った。厳しい練習や、葵生とのやりとり、二年の終わりに部長になって、部の運営に頭を悩ませたこと。

ふと、視線を感じて隣を見れば、葵生と目が合った。

「……?」

もの言いたげな表情に、視線で問いかけると、照れたようにまた前を向く。

ステージではまだトランペットのソロが続いている。

「すっげーひさしぶり……!」

コンサートが終わると、生徒たちの模擬店や展示を二人で冷やかして回った。

吹奏楽の演奏も、学園祭も高校を訪れたのもひさしぶりで、葵生はけっこう楽しんでいるようだった。たこ焼きを頬張りながら、きょろきょろと落ち着きなく周囲を見回して歩くのが可愛い。

誘うときはやや躊躇いがあったものの、連れてきてよかったと津森は思う。

「ここ、二年のとき先輩のクラスだったとこじゃねえ?」

「ああ。そういえば」

今は喫茶店になっている。

休憩がてらに入って、向かい合って団子をつつけば、話題は自然と当時の思い出話になる。

「おまえ、よく昼休みに弁当持って押しかけてきてたよな」

「うん。なんか正直、自分のクラスより懐かしい」

自然に笑みが零れた。ちなみに、つくってくれる人なんかいなかったから、このときの弁当もコンビニ弁当だ。

本当に毎日のように通ったし、今思えばだいぶ迷惑だったのではないかと思う。よく葵生も避けないでいてくれたものだった。

「あ……そういや俺、ここで吹奏楽部の勧誘チラシもらったんだ」

葵生のクラスの模擬店を出て、校門へ続く並木道を歩きながら、津森はふと思い出して口にした。

「よく覚えてんな」

「まあね」

「そういえば聞いたことなかったけど、おまえなんで吹奏楽部に入ろうと思ったんだ？」

「うーん、まあなんていうか……チラシくれた子が可愛かったからかな？」

と答えれば、ゴミを見るような目で見られたけれども。

（あんただよ）

本人はまるで覚えてはいないようだが、チラシをくれたのは葵生だったのだ。男に一目で恋をしたとまでは言わないが、あれはやはり津森にとって、運命の一瞬だったのではないかと思うのだ。

「あんまり家にいたくなかったし、どっかクラブに入ろうとは思ってたんだ。ピアノ弾けるから吹奏楽部でもいいかと思ったんだけど、実際入ってみたらピアノはもう先輩たちで埋まってたんだよな」

一台しかないので競争率が激しく、新入生にはなかなか回ってこないポジションだった。だがそれほどピアノにこだわりはなかったので、津森は金管楽器——トランペットに転向した。初心者ながら上達は早く、それはそれで面白かった。

「……さっきのさ」

「うん？」

「いや、おまえもあれやったんだよな。トランペットのソロ、先輩たちを押さえて、一年の分際で」

「まあね」

ステージでソロをやれる人数は非常に限られる。はじめたばかりの一年生が選ばれたのは、たしかにとても異例なことだった。

葵生は先ほどと同じようなもの言いたげな目で、じっと見上げてくる。

「……」

「？」

「いや……ただ、すげー格好よかったのに、もう吹かないのかと思って」

「え」

思わず耳を疑った。

「今、格好いいって言った？」

問い返すと、葵生は一瞬で赤くなる。

「いっ、言ってねーよっ」

「そんなこと言ってくれたの初めてじゃねえ？」

「言ってねえって！」

「録音すればよかったな」

「もう黙れよ、おまえっ」

真っ赤になって、言うんじゃなかったと呟く葵生に、つい頬が緩む。

「でも、かっこいいと思ってもらえたんなら、頑張って練習した甲斐があったな」

「バカ」

「だってほんときつかったじゃん。文化部なら楽できるかと思ってたのに、ブラスの練習っ

て運動部並みなのな。まじ驚いたよ」

「俺も。一年のときは驚いた」

「けっこう楽しかったけどさ。帰りに先輩んちでごちそうになったり、コンビニ寄って夜食買ったりとか」

「おまえ肉まん好きだったよな。よく腹減らして、毎日みたいに買っちゃあコンビニの前で食って帰ろうってきかなくて」

その葵生の科白に、津森はつい笑ってしまう。

「ん?」

「いや。……大好きだったよ」

(ほんとはあんたとする寄り道がね)

とは、なかなか口には出せないのだけれども。

「ペットは吹ける場所が限られるからなあ……。川原ならいけるかな?」

と、津森は言った。

「多摩川《たまがわ》までつきあってくれんなら吹いてみるけど。でもあの頃みたいに練習してねーから、がっかりさせるかもしんねーよ?」

「行く行く。いつにする?」

葵生は目を輝かせる。

日程をすり合わせながら、もうほとんど恋人としてつきあっているのと変わらないじゃないか、と津森は思っていた。なぜ下僕でいないといけないんだろう？

（まあ、最大の理由は多分、最初に俺がレイプなんて馬鹿なこと、やらかしちゃったからなんだけど）

なんとかそろそろゆるして、恋人にしてもらえないかと思う。料理だの送迎だのは今までどおりでかまわない。ただ名目だけ変えてもらえたら、それでいいのに。

そのためにはどうしたらいいんだろう。

「――あ、田中《たなか》先生」

ふいに葵生が呟いた。

意識を引き戻され、彼の視線を追えば、少し離れた校舎へ入っていく、葵生が三年生だったときの担任の姿があった。

「挨拶してくれば？　俺、このへんで模擬店見てるから」

と、津森が言えば、

「ん。じゃあちょっと行ってくるな」

葵生は小走りに田中を追っていく。その背中を見送って、

（さて、と）

田中には直接担任されたことはないが、英文法の授業を受けたことはある。葵生と一緒に

行って挨拶してもよかったのだけれど。

敢えてそうしなかったのは、ほかに話をしたい男がいたからだ。

津森は一人になると、つい先刻ちらりと見かけたばかりの知人の姿を探しはじめた。

4

その月のＤＴ部の会合は、白木の手配で個室居酒屋だった。

集まった四人で軽く乾杯し、店自慢の燻製《くんせい》料理をつつきながら、近況などを報告しあう。

そんな話の切れ目に、白木からカミングアウトがあった。


「このたび、引っ越すことになりまして」

「――って、もしかして」

注目は白木に集まる。

「須田《すだ》と一緒に暮らすんですか？」

と、突っ込んだのは真名部だ。榊は先に聞いていたのか、あまり驚いた顔をしていない。

白木の頬が、赤みを増していく。

「う……ま、まあ。……そういう話は前から出ないでもなかったんだけどさ。あいつのマンション、今部屋空いてるし。俺のところも年度末に更新だから、移ったほうが合理的じゃないかって」

「へぇえ」

「やっとですか」

正直、時間の問題だと思ってはいた。それは他の二人も同じらしい。

「お……俺としては今のままでいいんじゃないかとも思うんだけど、家賃も浮くし、割とお互い入り浸ったり、着替え置いといてそのまま会社行ったりしてるから、別々に暮らしてるほうが不自由だって言われるとそうかもって気もして……」

「ついにまるめ込まれたか」

さすが弁護士様だと混ぜ返す。白木の恋人で、葵生たちとも元同級生だった須田は、今では弁護士になっていた。

「っていうのは冗談だけどさ。まあ須田は昔からおまえに対して凄い執着してたもんなあ。こうなるのも時間の問題だったたんじゃね？」

「そうか？」

本人に自覚はないらしい。

「高校の頃なんか、クラス変わってもほんとしょっちゅうささいなことで絡んできてさ、おまえがいくら無視してもやめなかったじゃん」

「そ……そうだっけ？」

「挙げ句は彼女まで奪ってさぁ。あの頃はホモって発想がなかったけど、今思えばあれって結局おまえのこと好きだったからだったんだよなー。そういや俺、おまえといるときよく須田に睨まれたわ」

「そ、それは、……悪かったな」

「いやいや、別におまえが謝らなくてもいいけど？」

憮然《ぶぜん》と呟く白木に、にやにやと返せば、白木はさらに赤くなって葵生を睨んできた。

「っていうかさ、それを言うならおまえこそ……！」

「え、俺？」

「そうだよ、そもそも今日は俺の話より、おまえの話をしたかったんだよ……！　おまえ、やっぱ相手いたんじゃん‼」

「はあっ？」

指をさされ、つい狼狽《うろた》えてしまう。

「な、ななな何を根拠に……っ」

「ほらその慌てかた、ビンゴだろっ？」

「だからいねーって‼」

「嘘つけ。実を言うと、見たんだからな。こないだの会合の帰り、おまえが津森とキスしてんの」

「——……」

思わず葵生は絶句してしまった。

（まさか、あれを見られていたなんて）

一瞬呆然とし、はっと我に返る。

「な……っ、なんで、おまえ先に帰っただろ⁉」

「地下鉄の改札まで行ったら残高がなかったんだよ。それでチャージしようとしたら、財布を店に忘れたことに気づいて、戻って、そしたら」

「おま、なんであの日に限ってそんな間抜けなこと」

「るせーよっ！」

葵生は頭の中で、津森に悪態をつく。

（ばか、だからよせって言ったのに……！）

「黙っとこうかとも思ったんだけどさ、ここはやっぱ、仲間だもんな？」

「うう……」

ＤＴ部の皆とは、白木以外は高校時代さほど親しかったわけではない。だが結成して約一年、いろいろなことがあるうちには、ずいぶん身内意識も生まれてきていた。全員が童貞、かつ男の恋人がいるというのは、連帯感を生むには十分なものだった。

「津森君……というと」

「たしか白木の部活の後輩でしたね」

学年が違っても、榊と真名部も津森のことは知っているようだ。頭も顔もよく、学園祭ではソロを演《や》ったり何かと目立つ生徒でもあったし、上級生の目にもつきやすいほど、それだけ葵生の近くにいたからでもあるのだろう。

「須田が俺に絡んでたとか言うけど、そういや津森はそんな比じゃなかったよな。もっとストレートに懐いてたっていうか、昼休みになると下級生の教室からうちのクラスまで飛んできて一緒に飯食ってたし、放課後には部活の迎えに来てさあ。俺もあんま突っ込んで考えてなかったから、ワンコみたいに懐かれてんなあって思ってただけだったけど、――もしかして、おまえらあの頃からずっとつきあって――」

「んなわけねーだろ！」

葵生は声をあげた。高校時代はたしかに仲のいい、けれどただの先輩と後輩だったのだ。

（……それなのに）

「けどさ、あの頃からおまえけっこうもててたし、ＤＴって聞いたときすっげー驚いたんだよ。前にも言ったけど違和感あったっていうかさ。だって捨てる気になりゃいつでも捨てられただろ」

「それだったらおまえだって」

「だーかーら。そういう俺だから、おまえも好きなやつがいたから彼女つくらなかったのかな、って思うんだよ」

照れたように目を逸《そ》らす。白木が自覚はないままに、当時から須田に惹かれていたのかもしれないという話は、前回会ったときに聞いていた。

(俺……は)

あの頃から好きだったのかどうか、自分でもよくわからないのだ。でもつきあってなどいなかったし、津森のほうは常に他に彼女がいた。

「……買い被ってるよ。ただもてなかっただけだって」

「津森とはつきあってなかった?」

「だからないって」

「今も?」

「ねーよ」

実際、つきあっているわけではないのだ。

「じゃあおまえ、彼氏でもなんでもない男とキスすんの?——まあ、俺らもいい歳した男だし、そういうこともあるかもしれねーけど……でも、なんで?」

「お……おまえに関係ないだろ……!」

「関係あるっての!」

葵生が思わず声を荒らげると、白木も同様に被せてきた。

「須田とつきあいはじめたとき、最下位決定とか言って俺が奢らされたのは、おまえのせいなんだからな‼」

「——……」

（そういえば）

白木と須田が恋人同士になったとき、葵生は「同性とつきあいはじめた＝一生ＤＴ決定」などと言いがかりのようなことを言って、白木に奢らせたことがあったのだ。その後、「男と交際をはじめたら他のメンバーに奢る」というのは慣習のようになって、ＤＴ部に定着してしまっている。

「う……そんなに根に持ってたのかよ」

「白木は心配してるんだよ」

横から割って入ったのは榊だ。

「……っそういうわけじゃないけどさ。……事情があるんじゃないかって気がするから、ちょっとばかり気になるっていうか……」

顔を赤くして、ごにょごにょと白木は口ごもった。榊に言われるまでもなく、白木が心配してくれていることは葵生にも伝わっていた。

「白木……」

言いがかりで奢らせたときのことは、悪かったとは思っていた。

今思えばあんなことを言い出してしまったのは、須田と本当の恋人同士になれた白木のことが羨《うらや》ましくてたまらなくて、妬《ねた》んでいたのだと思うのだ。

同じ男との関係でも、葵生と津森とは罪悪感を下敷きにした主人と下僕、むしろセフレに近いようなものだったからだ。

須田に恋人として愛されている白木が羨ましかった。

今まで津森とのことをメンバーに言えずにいたのも、突き詰めれば同じことだ。

本当につきあっていたのなら言えた。つきあってもいないのに抱かれているのが恥ずかしくて、白木のように相手から愛情を注がれているわけではないのがなんだか情けなくて、どうしても言えなかった。

けれども、白木にはキスを目撃されてしまっている。

「……ほんとに、つきあってるわけじゃねーんだ」

「え……？」

「……どういう意味？」

どんなふうに話せばいいのだろう。

唇を開くと、部員たちが一斉に葵生を見る。いたたまれなくて、針のむしろに座っているような気持ちになった。

だいたいいつもなら、葵生は追及する側だったのだ。この立ち位置はとても慣れないし、居心地が悪かった。

「大学の頃、なんていうか……無理矢理……というか……」

「はあ⁉」

白木が声をあげた。他の皆も目を見開いている。

「無理矢理って、レイプってことかよっ？　それでおまえ、そんな相手となんでちゅーとかしてんの。そんなことされてゆるしたのかよっ⁉」

「ゆるしたっていうか……。酒もだいぶ入ってたし、あいつもレイプしようと思ってしたわけでもないっぽいとこもあって、凄《すげ》え謝られたし」

「だからって、ゆるせんの⁉」

言葉に詰まり、葵生はうつむく。

ゆるした、わけではない。というか、ゆるせないのはむしろレイプされたことそのものではなくて——。

「……下僕になれ、って言ったんだよ」

「はああっ？」

「げ、下僕……っ⁉」

「下僕って何すんの⁉」

おそらく予想もしていなかっただろう単語に、当然のごとく矢のような突っ込みが入れられる。

「何って……、残業で遅くなったら迎えにきてくれたり、飯つくってくれたり掃除洗濯、ライブとかあるとチケ取ってくれたり、そういえばこのあいだの会合の店も、あいつが探してくれた」

「あ、ああ……そっち方向か」

皆がほっとしたように息をついた。その姿に、どんな誤解を受けたのかを悟って、葵生はかっと赤くなった。

「ば、ちがっ、えろいこととか命令してるわけじゃ……！」

ない、とも言い切れないのだろうか。必ずゴムを使うとかは。

(でもそれ以外にああしろこうしろとかは……恥ずかしいだろ。別に言わなくても気持ちよくしてくれるし)

執拗とも言えるほどの丁寧な愛撫は、津森自身の愉しみより優先されているのではないかと思うほどだ。

(むしろやりすぎだからやめろって言っても聞かないし)

そんなことを考えると、ますます頬が熱くなってくる。

「……それで」

軽い咳払い《せきばら》とともに、真名部が話を戻した。

「下僕にされて、向こうは満足なんですか？」

「満足……じゃないだろうけど」

「っていうか、おまえ下僕とキスすんの？」

「……っ」

葵生が答えに詰まると、やがて白木がひどく言いにくそうに重ねて問いかけてきた。

「……つかぬことを聞くけど……やることはやってんだよな？」

「……。…………まあ」

葵生は頷いた。

「じゃ、レイプの罪滅ぼしに下僕にして、セックスもしてるっつーか、させてやってるってことかよ。なんでそんな阿呆《あほう》みたいなことに……」

白木は心底呆《あき》れた声を出す。

葵生には答えられなかった。

たしかに馬鹿なことをしていると思う。なぜこうなったのか、自分でもよくわからない
――いや、本当はわかっているのだ。答えはひとつしかない。

そんな葵生を見て、白木は眉《まゆ》を寄せ、問いかけてくる。

「……好きだったからか？」

躊躇いながらも、葵生は再び頷いた。

好きだったから。今でも好きだから、手放してやることができないまま中途半端な関係を

続けてきた。

「そっか……」

「……」

「でも、向こうは罪滅ぼしに下僕やってるだけで、おまえのことは好きじゃない——と、思ってるわけだ」

思っている、という言いかたに少し引っかかる。思っているというか、それが現実だからだ。

「じゃあ、もし好きだったら?」

「それはねーよ」

「でも昔あんなに懐いてたんだから、あいつだっておまえのこと好きでも不思議はねーんじゃねーの? まあ、だから許せるってもんでもないだろうけど、無理矢理襲ったのだって、そういうことなんじゃ」

「ないって言ってるだろ……!」

葵生は思わず遮った。

「あいつずっと彼女いたんだから、ホモじゃないだろ。……それにそもそも、あいつが彼女に振られて凄ぇ落ち込んでるのを慰めてるうちに、そういうことになったんだし……」

葵生のことが好きだったのなら、彼女に振られて落ち込む必要もなければ、最初からつきあってさえいなかったはずだった。

「……かもしれないけどさ。須田だって俺とつきあう前は何人も彼女いたことあるんだし、おまえとできるんなら少なくともバイなんじゃねーの？」

白木は苦しいフォローを繰り出す。

（……でも）

津森が葵生に手を出してきたのは、元カノに容姿が似ていたからなのだ。そうでなければ彼は男とセックスなどしなかっただろうし、続くこともなかっただろう。

けれども葵生は、身代わりにされて犯されたのだということだけは、どうしても口にできなかった。愛されている他のメンバーたちに比べて惨めすぎた。そしてなぜだか、仲間たちにあまり津森を悪く思われるのもいやだった。

「それに、ちょっと思ったんだけどさ」

と、白木は言う。なんの関係もない彼がなぜこんなに食い下がるのか、葵生にはよくわからなかった。

「大学時代からってことは、もう三、四年前からってことだろ？　それからずっと続いてるんだからさ……最初はどういうつもりだったにしても、今は違うってこともあるんじゃねーの？」

「今は違う……？」

「だからさ、ずっとつきあって——いや、つきあってるわけじゃないのか。それでも一緒にいてセックスまでしてるんだろ。だったら情が移ったり、おまえのこと本気で好きになったりしてる可能性だってあるんじゃねーかってこと！」

「——え……」

白木の言葉に、葵生は思わず目を見開いていた。

（……考えたこと、なかった）

けれども四年もあれば、気持ちが変わるということもあり得るのだろうか？

（彼女に向いていた気持ちが、俺のほうへ……？）

「そうじゃなかったら、何年も続かねーんじゃねーの？」

「それはたしかに、その通りかもしれません」

と言ったのは真名部だ。

「うちの親族の多くは政略結婚で、最初はお互いなんとも思ってないことがほとんどですが、相性がよくてずっと睦《むつ》まじく暮らしている夫婦もあれば、その逆もあって、だめなところは四年もたてば籍が入っているだけの赤の他人のようになっていたりします。小嶋が津森と四年も仲良くやっているのなら、それだけ情が通い合っているから……ということにはなるのかも」

「情……」

たしかになんらかの情はあるだろう。罪悪感で縛っているとはいえ、実質的な拘束力があるわけではないのだ。

でもそれは、どんな種類の情なのか。

(もともと同じ部の先輩後輩として仲はよかったんだし、そういう友情的なものが残っているだけかもしれない。それとも、便利なセフレとしての愛着とか)

そう思う反面、

(でも……たしかにあれからもう何年もたってるんだ。あいつだって長いあいだ会ってさえいない元カノのことなんか、忘れたってこともあるかも……)

そしてそのあいだ一緒にいたのは自分だ。

(あいつの中で、元カノより俺のほうが大事になってるかもしれない……?)

今まで考えたこともなかったが、その可能性を思うと、心がふわりと浮き立つような気がした。

「だからさ、おまえのほうでも下僕あつかいなんかやめて、ちゃんとあいつの話聞いてやれよ。話し合って、普通の恋人同士としてつきあうこともちょっと考えてみたら」

「……そうだな」

白木の提案に、なぜだか素直に言葉が出てきた。

「ようし!」

白木は気合いを入れるように、葵生の背中を叩いた。

「おまえらがくっついた暁には、目一杯奢らせてやるからな！　覚悟しろよ！」

「な、おまえそれが目当てかよっ」

「当然！」

白木と、彼につられて真名部と榊も笑う。

文句を垂れつつ、葵生もいつのまにか一緒になって笑っていた。


会合の翌日、葵生は津森とともに、都内を流れる大きな川の川原に来ていた。津森のトランペットを聴くためだ。

高く掲げられた金色のベルが、翳《かげ》りかけたオレンジの陽《ひ》を弾《はじ》く。

このあと、葵生が契約を纏《まと》めた祝いにレストランで食事をする予定があるため、津森は黒っぽいスーツを身に着けている。上着だけ脱いでいるとはいえ、ネクタイも締めたままで演奏するのは息苦しいだろうけれども、その姿はとても凛《りん》として美しかった。

(そういえば、こいつのこんな真剣な表情、凄くひさしぶりに見た気がする)

最近彼が葵生に向けてくる顔は、いつもやさしいからだ。甘い、と言ってもいいかもしれない。下僕になる契約をしてからは。

（なんか……なんていうか、どきどきする、みたいな）

太く豊かな音色が広がり、葵生はその響きに包み込まれているような気持ちになる。

最初の学園祭で津森がサビの部分をソロで演った曲からはじまって、葵生は当時練習した曲を次々とリクエストした。クラシックもあれば、流行《はや》りだったラブソングもあった。津森はそのすべてに応えてくれた。

「はー疲れた」

ひととおり終わって、どさりと葵生の隣に腰を下ろす。

「お疲れ」

額や頬を流れる汗を拭ってやる。ひさしぶりの演奏で、高音のロングトーンも多用して、となればたしかにかなりきつかっただろう。

「でも、凄い格好よかった」

自分でもめずらしいと思うほど素直に褒めてしまう。

「だいぶ下手になってただろ。がっかりしたんじゃね？」

「そんなことねーよ」

ブランクの分、テクニックが元通りとはたしかに言えない。でもさほど腕が落ちてもいなかったし、音に籠《こ》もる情感みたいなものはむしろ深くなっている気がしたのだ。

「……聴き惚《ほ》れたし」

「マジ？　やったね！」

ぼそりと呟けば、津森は本当に嬉しそうに笑った。そんな姿は、不覚にもひどく可愛いと思ってしまう。

「実を言うと、このあいだ約束してからけっこう練習したんだ。ちょっとでも先輩に、気持ち感じて欲しくて」

「気持ち……？」

「口にするのは禁止されてるからさ。なーんて」

（禁止されてる言葉、って……）

好き、とか。愛してる、とか？

津森は照れたように目を逸らし、かわりに葵生の手をとった。そして人差し指の付け根のあたりをそっと撫でる。

「ここ……だいぶ目立たなくなったな」

高校時代、大きなたこがあったところだった。葵生はパーカッションを担当していたから、ドラムスティックの握りかたによっては当たる場所にできてしまう。間違った持ちかたではないがベストとも言えず、矯正《きょうせい》しようとしたものの、結局できないままだった。

「そりゃ……引退して何年たったと思ってんだよ」

「先輩の演奏もひさしぶりに聴きたいな」

「俺の?」

「うん」

「……って言っても、ドラムは川原まで持ってこられないしな」

そもそもかなり嵩張《かさば》るものだし、すでに家に機材があるわけでもない。

「スタジオ借りればいいよ。俺と合わせようよ」

「ドラムとペットだけで?」

「いいじゃん。コンサート開くわけじゃないし、楽しめればさ。俺が楽器も全部手配するから」

段取りや会社のスタジオを使わせてもらう交渉について口にする津森を、葵生はついじっと見上げてしまう。

「ん? やっぱいや?」

「そうじゃねーけど」

ひさしぶりにドラムを叩いてみたい気持ちはある。ただブランクは津森以上だし、簡単に前もって練習できるものでもないので、恥をさらすことになりそうなのがいやといえばいやだけど。

葵生の耳に蘇っていたのは、白木の言葉だった。

――だからさ、おまえのほうでも下僕あつかいなんかやめて、ちゃんとあいつの話聞いてやれよ

(下僕あつかいをやめる……か)

今のような関係になってから、二人で何かするときお膳立てをするのはいつも津森で、葵生はすっかり甘えてしまっているのだ。

なんでも手際よくこなせる有能な男だし、そういうことが苦になるタイプではないとは思うが、葵生が甘えているのは勿論そのことばかりではない。

深夜でも早朝でもかまわず迎えに呼びつけ、疲れていても食事をつくらせ、掃除洗濯、セックスを中断してコンドームを買いに走らせたこともあった。仕事で必要なものを探して走り回らせたり、タレントの全米ツアーについてアメリカへ渡っていたときは、時差も考えずに電話をして、ワンコールで出ないと言って怒った。

今までの待遇を改めて考えてみると、たしかにいろいろひどい話だった。

もともとは津森がやらかしたことが発端だったからといって、なんの拘束力もない関係にもかかわらず、よく愛想を尽かされなかったものだと思う。

身代わりに犯されたことを許したわけではないけれども、怒らず、逃げ出しもしない津森は、どれだけ度量が広いのかとたまに思ったりもするのだ。

「……おまえさ」

「うん？」

「いやにならないのか？」

「え、何が」

「俺の面倒見んの」

津森が軽く目を見開く。やがてそれが綺麗に弧を描いた。

「なるわけないじゃん。俺、先輩のことす……、……いや、えっと」

（今、好きだから、って言おうとした？）

でも、言ってはいけないルールだから、やめた。

そのルールをつくったのは、葵生だ。

（なのに、言って欲しい、なんて）

ひどく勝手な言い分だと思う。でも。

「ええっと……」

津森は取り上げられた言葉のかわりを探す。そして軽く首を傾げ、唇を開く。

「……月が綺麗ですね？」

「ばっか、まだ出てねーよ」

夏目漱石《なつめそうせき》か、と葵生は思わず噴き出してしまった。そもそも「それに類する言葉」全部が禁止なはずで、置き換えればいいという話ではないのに。

たしかに、あれからもう四年近くが過ぎた。贖罪《しょくざい》なら、もう済んでいると言ってもいいのかもしれない。

犯されたとはいえ、あれは完全なレイプとは言えなかったと思うし、津森は一生懸命謝ってくれた。そのあとは下僕として尽くしてくれた。

身代わりにされたことはゆるせないけれど、今は違うというのなら、目を瞑《つぶ》って忘れたふりができる気がする。

(津森と、普通の恋人同士になれるかもしれない……?)

今の歪《いびつ》な関係を終わらせて、下僕と主人ではなく、恋人としてつきあう。

それができたらどんなにいいだろう。

(白木が言ったみたいに、あいつが元カノのことを忘れて、俺を好きになってくれているのなら)

(……でも)

彼を縛る罪悪感から自由にしてやったら、津森は自分から離れてしまうのではないだろうか。

それなりの情はあるにせよ、この四年間、ろくな目にあわせていない自覚がある。

今、津森がやさしいのだって罪滅ぼしの一環に過ぎず、一日も早くゆるして欲しいだけなのかもしれないのだ。

好かれている自信など、まるでなかった。

(それをたしかめられなければ、解放してやるのは怖い)

津森は立ち上がり、葵生に手を差し伸べてくる。

「そろそろ行こうか」

葵生はどうしたらいいかわからないまま、その手を取った。

5

「ちょっと、小嶋……！」

夕刻、葵生は客先から戻るや否や、会社の同じ邦楽部に所属する先輩から呼び止められた。

「坂本《さかもと》さん」

「何やってたんだよ、メールも電話も何度も入れただろ……！」

え、と小さく声が漏れる。携帯をちらりと確認すれば、たしかに何度も彼からのメールも着信も入っていた。

「すみません……！　電車乗ってて気づかなかったみたいで。——何かあったんですか」

「大西《おおにし》聡《さとし》のことで、ちょっとまずいことになってんだよ」

「え……？」

大西聡とは、先日葵生がアメリカのバニシング社と協働して全米数ケ所のツアーを成功させた日本人アーチストのことだ。葵生にとっては、初めての大きな仕事だったと言ってもいい。

今後も三渓レコードが中心になって大西をバックアップし、全力で売り出していく準備も進んでいた。

「まずいってどんな？　大西さんとの関係は上手くいっているはずでしたが」

打ち合わせを重ね、その内容をもとに契約書を作成して、先日先方の事務所へ送ったところだ。これで一段落ついたと思っていたのに。

「知るかよ。上手くいってたらこんな時間に乗り込んでこねーんじゃねーの」

「乗り込んで……って」

「江藤《えとう》芸能の社長が来てんだよ。今、部長が対応してるけど、すぐに応接室に行け。わかったな」

江藤芸能とは、大西の所属する芸能プロダクションだ。ただごとではない予感に、血の気が引く思いがした。

ともかく葵生は彼らのもとへと急いだ。

「遅い！　いつまで待たせるつもりだ……！」

応接室を訪ねた葵生を待っていたのは、江藤社長の罵声《ばせい》だった。

だが、遅いとは言っても、すでに本来の勤務時間は過ぎているのだ。邦楽部は営業や外回りも多く不規則なので、いつも誰かしらいるし、葵生は残した仕事があったために直帰せずにたまたま戻ってきたけれども。

何を思って江藤はこの時間を選んだのだろう。

「申し訳ありません」

それでも葵生は頭を下げる。

その後、江藤と葵生、邦楽部の部長とで話し合いを持ったが、結局意見は平行線のまま、物別れに終わった。

先方の主な不満は、契約の際に渡すアドバンスの額についてだった。

——最初の額と全然違うじゃないか……!

——話し合って、この金額でいいと言ってくださったじゃないですか
——何を言ってるんだ。うちの大西をこんなはした金で売れるとでも思ってるのか⁉ 馬鹿にするのも大概にしていただきたい
(たしかにこれで了承は取れていたはずなのに)

だが、それを証明する証拠がない。典型的な水掛け論に陥っていた。

合意していたはずの金額は、大西のキャリアや実績からすれば破格と言ってもいい数字だったし、会社としてもぎりぎりだった。これ以上出すことはできないし、また金額を上げれば再度合意できるとしても、邦楽部だけで勝手に譲歩できるものではなかった。

後日改めて、社長を同席させて話し合いをするということで、江藤にはいったん引き取ってもらった。

「……くそ、なんでこんなことに……！」

自分の机に戻り、頭を抱える。

必死で頑張った公演、その後の成功、大西の笑顔などが走馬灯のように脳裏を過った。

すべての話が済み、あとは契約書を交わすだけという段階まで来て、すでに今後のプロジェクトは動き出している。

このままだと、会社に多大な損害を負わせてしまう可能性があった。自社だけでなく、アメリカの提携先でもあるバニシング社にもだ。

そうなれば、きちんとサインをもらう前に見切り発車してしまった葵生の責任だった。

「……なんか裏があるのかもな」

「え……？」

坂本の言葉に、葵生は頭を上げた。

「急にこういうの、おかしいだろ？　まあ、江藤社長については俺もなるべく探りを入れてみるけどな。おまえも調べてみろ」

「――はい」

葵生は頷いた。

じゃあな、と一言残し、坂本は退社していく。

メールの着信音が響いたのは、ちょうどそのときだった。

（津森……）

相手を確認して開き、少し驚く。

『まだ会社？　迎えに行こうか？』

（迎えに、って……もう家帰ってんだろうに……）

車ならさほど大変でもないとはいえ、また出てくるつもりなのだろうか。

（せっかく先に帰してやったのに）

下僕扱いはやめろと白木に言われ、簡単には頷けないものの、少しは津森の負担を軽くしてやろうとは思ったのだ。だから、今日はどうせ時間が合わないからと送迎を断った。

——仕事終わったら無駄に残業すんなよ。帰れ

なんて言葉になってしまったけれども。

『もう少しかかるからいい』

と、返事をして、スマホを置く。だが直後、また返事が来た。

『いいよ、待ってるから。心配しなくてもタイムカードは押さないし。帰りに何か食って帰ろ』

「勝手に決めやがって……」

小さく吐息をつきながら、また返事を打つ。

『だから、まだしばらく帰れねーんだって』

『待ってるからいいって言ってるじゃん。仕事手伝うよ』

自由な時間をやろうとしているのに、津森がうっすら不機嫌になっているらしいのが理不尽だ。

続けてもう一通届く。

『もしかして、誰かと一緒じゃねーよな？』

なんとなく嫉妬《しっと》じみたものさえ滲んで見えるかのような文面に、読んだ瞬間、思わず失笑した。

『阿呆か。じゃあ来いよ』

笑ったら、少しだけ気持ちがほぐれた。

満員電車は不快だし、乗らずに済むものなら乗りたくない。やはり正直、迎えはありがたかった。

すぐに行くという返事を受け取って、葵生は仕事に戻った。

一人になったフロアで、江藤芸能とのこれまでの経緯を辿る。書類を丁寧に調べ、記憶を掘り起こしていく。

（やっぱり合意してるはずなんだが……）

と確信するものの、やはり証拠になるようなものはなかった。

（くそ、江藤社長はいったいなんのためにこんなことを言い出したんだ？）

結論は出ないまま、葵生はいったん調査を切り上げて、残っていた他の仕事に手を伸ばした。

江藤の件を振り払うように、集中して一気に片づける。

そしてふと顔を上げ、時計を見て、軽く目を見開いた。

(え、津森からメールもらってから、一時間以上たってる?)

すぐに行く、と言ったのだから、準備する時間が多少はかかったにしても、もうとっくに着いていてもいい頃だ。

「あいつ何やってんだよ……」

スマホを取り出せば、またメールが着信していた。気がつかないほど集中していたのかと思う。

『ごめん、ちょっと遅れそう。そっちは何時頃終わりそう?』

「もう終わったっての」

呟きながら着信時間をチェックすれば、前のメールから十数分しかたっていない。

出る直前に何か急用でも入ったのだろうか。そもそも何時までに来ると決めていたわけではないのだが。

「遅れるなら、なんで遅れるのかぐらい書いておくものだろ」

そっちからわざわざ来るって言ったくせに、とやや八つ当たり気味に悪態をつく。

うか。

だが、この時間で「ちょっと遅れそう」なら、待っていればそろそろ着くのではないだろうか。

（……でも腹減った）

そういえば、江藤の来襲で、夕食は結局食いはぐったままだったのだ。

（くそ、一緒に食って帰ろうなんて言っておいて）

空腹のまま放置されるなんて、今までなかったことだった。下僕のくせにと思う反面、何かあったのではないかと少し心配になる。

（でもこっちから電話するのも癪《しゃく》だし……）

とはいうものの。

葵生は時計とスマホのあいだで何度か視線を行き来させ、結局津森に電話した。

けれども彼は出ない。

「ったく、本当に何かあったんじゃねーだろうな？」

悪い想像が頭を過る。

再度メールが届いたのは、その直後だった。

『ごめん、もう少しかかりそう。仕事どう？』

「あーもう、なんなんだよっ！」

事故に遭ったりしているわけではないことには、ほっとしたけれども。

『電車で帰る』

不機嫌にそれだけを返信すると、葵生は乱暴にスマホをしまい、会社をあとにした。ひさしぶりに駅へ向かう。

こんなことなら、最初から来るなんて言わなければいいのに、と思う。認めたくはないが、葵生はかなりがっかりしていたのだ。そのうえ仕事のトラブルと重なって、ひどく気は重かった。

(まあ、今顔を合わせたら絶対みっともなく愚痴ってただろうし、よかったのかもしれないけど)

もともと葵生には、年下であるにもかかわらず、自分よりずっと有能に見える後輩にコンプレックスがなくもない。情けない姿はなるべく見せたくはなかった。

(何か食うもん買って帰るかな。それとも食って帰るか)

乗り換えのターミナル駅で少し悩み、やはり帰ろう、と踵《きびす》を返しかける。

自動改札を抜けていく、見慣れた男の姿が目に飛び込んできたのは、ちょうどそのときだった。

(津森……!?)

葵生ははっと振り向いた。

なぜこんなところに、と思う。車はどうしたのか。しかもここで改札を抜けるということは、目的地は会社でも葵生の家でも津森自身の家でもない。

（いったい何やってるんだ）

葵生は立ち尽くしたまま、彼の後ろ姿を無意識に目で追う。

（え……？）

ひとりの女性が、彼のすぐ後ろからついていくのが見えた。彼女は彼の腕をからめとり、見上げて微笑む。

その見覚えのある横顔に、葵生は息を飲んだ。

（あの子……⁉）

だいぶ大人びてはいるものの、顔立ちは変わっていない。「あおい」——プリクラで見た津森の元カノに間違いなかった。

なぜ二人が一緒にいるのか。

あれ以来、会っていないのではなかったのだろうか。

（いや……でも、会ってないって津森が言ったわけじゃないし）

葵生が勝手にそう考えていただけのことだ。

実際には逢瀬《おうせ》を続けていたとしても、なんの不思議もない。それとも、最近になってよりを戻していたとしても。

（よりが戻ってる、のか……？）

二人を見送り、その後ろ姿が見えなくなってからもずっと、葵生は呆然と立ち尽くしていた。

それからどうやって家に帰り着いたのか、よく覚えていない。

仕事のほうの解決策を考えなければならないのに、駅で見た津森と彼女の睦まじい光景が邪魔をして、少しもアイデアが浮かばなかった。

今日、迎えに来なかったのは、彼女と会っていたからなのだろうか。

四年前に別れたと思っていたのに、ずっと続いていたのか。それともいつのまにか交際が復活していたのだろうか。

崩れるようにソファに転がったまま、ぐるぐると同じことばかりを考える。彼の気持ちが、今は自分にあるのかもしれないなどと期待したことが、バカみたいに思えた。

(別れたくない)

身代わりでもいいから、津森を失いたくない。

(いや、でもつきあってるわけじゃないんだから、別れるっていうのは違うだろ? だったら、津森に彼女ができても続けられるよな……?)

下僕として縛るだけなら。

そのことに一縷《いちる》の望みをかけながら、それでいいのかとも思う。

そしてどれくらい時間が過ぎたのだろう。玄関のチャイムが鳴った。

（……津森？）

足が竦んで出られなかった。

合鍵を渡してはいないので、葵生が開けてやらなければ入れない。チャイムは何度も繰り返された。

「先輩？　帰ってんだろ？」

ドアの外からかけられた声は、やはり津森のものだった。彼は下で窓の灯《あか》りを確認してから来ているらしい。

「なあ、ごめんって……！　開けてくれよっ」

チャイムに続いて、ドアを叩く音がする。

「電話にも出てくれないし、メールの返事もないし、凄ぇ心配したんだからな！」

それはこっちの科白だと思う。

しかも、事故にでも遭っているのではないかと葵生が気にしていたあいだ、彼は元カノと会っていたのだ。

のろのろとスマホを確認すれば、たしかに着信もメールもあった。腹立ちまぎれに鞄《かばん》に突っ込んだままで、気がついていなかった。

（……誤解かもしれない。あいつが裏切るはずない）

だが、津森と葵生との関係は、決して恋人同士というわけではないのだ。だから津森が元カノとよりを戻したとしても、裏切ったと言えるのかどうか。

（……どういうことなのか、ちゃんと聞かないと）

それで、もし二人がまたつきあいはじめていたとしたら。

……もしそうなら、津森を下僕という立場から解放してやるべきなのではないだろうか。

そう思い、葵生は無意識に首を振っていた。

聞くのがとても怖かった。

（やっぱりいやだ）

「なあ、夕飯食べた？　いつものステーキ弁当買ってきたんだけど」

空腹なはずなのに、好物の誘惑にもなぜかそそられない。それでも、ドアを叩く音は続く。

「開けてくれってば！　先輩‼　朝まで大声出し続けるよ⁉」

「……っ」

迷った末、葵生は結局扉を開けた。これ以上、周囲の部屋に迷惑をかけるわけにはいかなかった。

鍵を外すと、津森は隙間をこじ開けるようにして入ってきた。

「はい、これお土産《みやげ》」

背中でドアを閉ざし、ビニールの袋を差し出してくる。手を出さずにいると、津森は吐息をついて、それを脇の下駄箱の上に置いた。

別にこれが目当てで開けたわけではない。好物をわざわざ買ってきてくれたのかと思えばほだされる部分がないではないが、それくらいなら一分でも早く来てくれたほうがよかった。

「いい度胸だな」

中へ上がろうとする津森を身体で封じる。框《かまち》に立っても、目線はわずかに津森のほうが高い。

「おまえから来るって言っておいて、何やってたんだよ?」

「――ごめん。急用が入って」

「急用ってどんな」

「……知人と会ってた」

「誰」

それを追及する権利があるのかと思いながら、葵生は聞いた。

「――昔の知り合い」

少し間を置いて届いた答えに、嘘とは言い切れないものの、ごまかしを感じずにはいられなかった。

いやなものが喉に込み上げる。

「嘘つき」

「嘘じゃねぇよ」

正直に話したなら、偶然会ったか、彼女といたことに深い意味はなかったのだと考えることもできた。けれども隠そうとするということは、疚《やま》しい何かがあるということではないだろうか。

「……女だろ」

気がつけば、低く口を突いて出ていた。葵生は慌てて唇を押さえる。こんなふうに責めるつもりなどなかったのに。

「たしかに、性別で言えば女だけど」

「俺より優先するくらい大事な女がいるってことだろ？　だったら、来るなんて言わなきゃよかったんだよ……！」

「だから、急用だったんだって……！　最初からわかってたら迎えに行くとか言うわけないだろ」

津森は、彼女を優先したことを否定しなかった。そんなささいなことが、棘《とげ》となって胸を刺す。

「用があって会っただけで、別に浮気とかじゃねーしさ、……俺のこと信じられない？」

「おまえなあ……！」

（元カノと会って、それを隠しておいてよく言える……！）

続く言葉を、葵生は今度こそ強く呑み込んだ。元カノのことだけは、口にしたらだめだ。その蓋を開けたら、本当に終わってしまう、きっと。

それだけはどうしてもいやだった。

「なんで信じてくれないんだよ？　この四年、他に目移りしたことなんて一回もなかっただろ」

「──ああ、そうだよな。下僕なだけでつきあってるわけじゃねーし、たしかに浮気じゃねーわ」

「先輩……っ！」

津森は葵生の両肩を強く摑んだ。

「俺たち、実質つきあってるも同然だろ⁉　セックスしてデートもしてさあ。なのに、なんでいつまでも主人と下僕でいないとだめなんだよ⁉」

「それは……、おまえ、自分のしたことを忘れたのかよ」

「……っ、あれは本当に悪かったと思ってるけど……‼」

津森がぐっと詰まる。

「でも、あれからずっとあんたに仕えてきたんだ。送迎とか家事とかなら、これからも同じようにやるよ。だから、そろそろゆるしてくれたっていいんじゃねーの？」

そのことだけが問題だったのなら、津森をゆるすのはもっとずっと簡単だっただろう。だが葵生がゆるせないのは、むしろそのことではなくて。

（……それに、ゆるしたらおまえを縛るものがなくなってしまう）

駅で見た二人の姿が脳裏に蘇る。もし津森が彼女のもとへ行って、二度と戻ってこなくなってしまったら。

「――俺が浮気したら、いやなんだろ？」

壁に手を突いて葵生を囲い込み、津森は覗き込んでくる。葵生はつい目を逸らす。

「女と会ってたのを怒ってるんだろ？」

「ちが……、ただ俺は、おまえが遅れたから……」

「俺はあんたが他の男に抱かれたら、絶対いやだ。そいつ殺すかもしれない」

熱っぽい瞳で見つめられ、自分の熱まで上がっていく気がした。流されてしまいそうになる心を、無理に引き戻す。

「……知らねーよ、そんなこと……！　下僕は下僕だから‼　今度女と会うときは、俺の用がないときに会え。それだけだ」

葵生がそう口にした瞬間、津森は拳《こぶし》で壁を殴りつけた。

「……っ、いつまでこんなことが続くんだよっ……‼」

葵生は思わず身を竦めた。

高校時代からの長いつきあいの中でも、彼のこんな声を聞いたのは、これが初めてのことだった。

「だいたいあのときのことだって、ほんとは半分ぐらいレイプじゃなかっただろうが‼　酔ってたけど全部忘れたわけじゃねーよ。あんた、途中からまともに抵抗しないで、あんあん喘いでただけだったろ……⁉　ホモだから相手が欲しいとか言って、今だって相当な淫乱だし、下僕っていうか俺、ただのあんた専用性奴隷なんじゃねーのっ」

(性……)

「――……」

言葉が出てこなかった。

いつもやさしかった男に、こんなことを言われるとは思わなかった。胸を抉られたような気持ちで呆然と立ち尽くす。

そんなふうに思われていたのかと思う。

痛かったのは、奴隷という言葉だ。津森の意志に反して、したくもない相手をさせていたというニュアンスを含むからだ。

「ごめん……！　言いすぎた！」

激昂《げっこう》していた彼の表情が、狼狽に変わる。

「こんなこと言うつもりじゃなかったんだ、ただ俺は」

「──帰れ」

顔を見られたくなくて伏せたまま、低く葵生は告げた。

「先輩……‼」

「帰れって言ってるだろ……‼」

渾身《こんしん》の力で、突き飛ばすように津森を部屋の外に押し出す。ドアを閉ざすと、鍵をかけ、チェーンまで下ろしてしまう。

「先輩、ごめん、俺が悪かったから……‼」

津森の声が響く。

「開けてくれよ……っ」

聞こえないふりをしても、チャイムもドアを叩く音も続く。懇願に負けて、ついふらふらと手を伸ばしかけたときだった。

「いつまでやってんの⁉　警察呼びますよ……‼」

隣室のドアが開き、怒鳴りつける女性の声がした。

「すみません……！」

津森が謝ると、思い切り大きな音を立てて、再び隣家の扉が閉まる。

少しして、彼からメールが届いた。

『ほんとにごめん。ご近所トラブルになるから今日はもう帰るけど、明日会社で話させて。

──おやすみ』

（……話すって何を？）

沈み込むような疲労を覚えた。

津森にひどい言葉を投げつけられたというだけではない。四年前の行為が、半ば合意の上だったことを突きつけられたのだ。

（知られた）

いや、知られていたと言ったほうがいいのか。彼を騙《だま》して、下僕にしたことがばれてしまった。もう、罪悪感で縛りつけておくことはできない。

（あいつは元カノのところへ行ってしまうかもしれない）

外にはもう津森の気配はなかった。

のろのろと玄関を離れようとして、置きっぱなしになっていた袋に弁当が二つ入っていることに気づき、目の奥がじんと痛くなる。

「……なんだよ、あいつの分まであるじゃん……」

一人では食べきれないし、津森は夕飯をどうするつもりなんだろう。

彼はよく料理をつくってくれたけれど、忙しい仕事を持つ男同士、外食や弁当も多かった。いくつかへビーローテーションしているお気に入りもできて、この店のステーキ弁当もその一つだ。

津森が彼女のところへ行ってしまったら、もう一緒に食事をすることさえできなくなるのだろうか。

――手伝ってくれんの？

キッチンに立つ津森を思い出す。次第に慣れてよくなっていく手際に感心して眺めていると、彼が問いかけてくる。

――なんでだよ。おまえの仕事だろ？

――じゃあ先輩は味見係な

葵生の仕事は、あーん、と差し出してくるスプーンを咥えることだけだった。

我ながらひどかったと思うのに、思い出はひどく甘くて、葵生はその場にしゃがみ込んで涙を零した。

6

翌日、出社した葵生はできる限り津森を避けた。逃げていたと言ってもいい。顔を合わせて、どう振る舞ったらいいかわからなかった。

実際、トラブルの対応に忙しく、余裕もなかった。

なぜ江藤社長が突然方針を変えたのかを探り、彼がアメリカの大手レコード会社セントラルと接触しているという情報を掴んだ。どうやらツアーの成功に味を占めた江藤が、乗り換えを企《たくら》んでいるということらしい。アドバンスの件で契約書に難癖をつけてきたのは、いわば口実だ。

（くっそ、江藤の野郎……っ）

だが、背景がわかったからと言って、問題が解決するわけではない。

江藤は朝から、電話に出なくなっていた。再度の交渉を避け、時間切れを狙っているのかもしれない。このまま手をこまねいているうちに、セントラルと契約されてしまってはお終《しま》いだ。

「先輩……っ」

そしていくら避けていても、同じ会社に勤めている以上、津森とずっと会わずにいることは、不可能だった。

昼食から戻るや否や、待ち伏せしていたらしい津森にエレベーターホールで捕まった。

「なんだよ、放せ」

「昨日はごめん。本気で言ったわけじゃないんだ。それに浮気とかしてないし、もう絶対すっぽかすような真似はしないって誓うから！　な、機嫌なおし——」

「バカ、こんなところで何言い出すんだよ……！」

慌てて津森の口を塞ぐ。誰が来るとも知れない社内でする話ではなかった。

でも、こんなふうに機嫌を取ってくるということは、気持ちが完全に彼女のほうへ行ってしまったというわけではないのだろうか。

浅ましく、そんなことを考えずにはいられない。

「……昨日からトラブってるんだって？　邦楽部の人から聞いたよ」

手を放すと、津森は抑えた声でそう言った。

「……ごめん、そんなことがあったって知らなくて、余計なストレス増やしたよな。……まだ怒ってる？」

津森は耳を垂れた犬のような顔をしている。

「俺にできることない？　協力できることがあれば、なんでもする」

「おまえには関係ないだろ」

実際部署も異なるし、津森に頼ってどうにかなるとも思えない。――その程度の意味だったが、思った以上に言葉は冷たく響いた。

（失敗した。せっかく心配してくれたのに）

だが、もう遅い。そう、と津森は目を伏せた。

「でもこれだけは聞いて欲しい。――江藤社長には気をつけて」

声を潜めて告げられたことが、一瞬理解できなかった。

「は……？」

「知ってるかもしれないけど、いろいろやばい噂があるんだ。特に二人きりで会うとか、絶対するなよ？　約束して」

「何言ってるんだよ」

津森の言っていることが、よくわからなかった。「やばい噂」のほうもあまり知らなかったが、知らないと素直に言うのも癪だった。もしかして、性的なスキャンダルでもあるのだろうか。

しかも、

「……そもそも江藤社長は今、こっちが話し合おうとしたって連絡取れなくなっちまってんだからな」

そこがまず大きな関門になってしまっているのだ。

「そっか……ならいいけど」

「よくねえよっ」

苛立ちのままに、葵生は怒鳴った。

それではまったく問題は解決しないのだ。どうにかして江藤に契約書にサインさせないことには。

この案件は、葵生にとっては初めての大きな契約であり、ここまで来て破談になれば、会社にも損害をあたえることになってしまう。江藤の人柄がどうであれ、そんなに簡単に諦めるわけにはいかない。

「――ま、俺はビッチで淫乱だそうだし、江藤社長の出方次第ではどうなるか、わかんねーけどな」

「っ、本気で言ったわけじゃないって言っただろ！」

聞いてくれよ、と両肩を摑まれる。

「いたいた――小嶋！」

坂本が声をかけてきたのは、ちょうどそのときだった。葵生ははっとして振り向く。

「社長が呼んでる。すぐ来い」

「はい……っ」

江藤の件に違いなかった。

わずかに緩んだ津森の手をふりほどき、葵生は社長室へと踵を返した。


それから数日。

津森からの連絡は途絶え、会社でも顔を合わせることはほとんどなくなっていた。もともと部署もフロアも違うので、どちらかが会おうとしなければ、同じ社内にいるとは言ってもそうそう出くわすものではない。

そのことに、葵生は初めて気づいたと言ってもいい。今までは、それだけ津森のほうから接触してきてくれていたのだ。

（……愛想が尽きたのかもしれない）

そう思うと胸が痛くてたまらなかった。

以前なら、会いたければどんなひどい口実でも設けて呼びつけた。でも、もうそれはできない。下僕として縛る手段を失った以上、呼んでも来てくれるかどうか。

何度も自分から電話しようとしては躊躇った。

こうするうちにも、彼は彼女と交際を深めているのかもしれない。

そんな考えを否定したくて、けれどもそのほうが津森にとってはしあわせなのかもしれないとも思う。

好きな男を下僕扱いにしてしまったような自分より、ちゃんと恋人としてつきあえる、しかも女性だ。結婚だって子供だって希《のぞ》める。

（このまま別れてやるほうが……）

いや、そもそもつきあってさえいないのだが。


連絡の取れなかった江藤社長から、二人きりで話をしたいと申し入れがあったのは、こちらの話も拗《こじ》れきっていたある日のことだった。

空いているのがそこしかないからと日曜日を指定され、話し合いができるなら、と葵生は藁《わら》をも摑むような気持ちで、ひとりで江藤芸能本社へ行った。

いつもなら、休日でも多数いるはずの社員たちは、なぜだかあまり出社してはいなかった。かわりに江藤社長本人が出迎えてくれ、社長専用の奥まった応接室へ通された。

「このたびは、わざわざお時間をさいていただき、ありがとうございました」

「いや、まあ楽にしてください」

友好的な態度に少しほっとしながら、勧められるまま、角を挟んでソファに座った。

「コーヒーでいいかな」

「ありがとうございます」

江藤が秘書にコーヒーを頼み、それが届くまで雑談が続いた。ややぎこちないが、相手の心をほぐすには必要なことでもあり、他愛もない話さえできないよりはましな状況だということでもあるだろう。

「ところで、契約の件について……」

「せっかちですね、きみは。――まあいい、それで？」

「申し訳ありません」

セントラル社のことを突きつけてやりたいのは山々だった。だが、証拠があるわけではない。知らないと言われたら終わりだ。

「……うちの社長が、アドバンスをもう少し上げてもいいと申しております。具体的には現在の金額のほかに、CD作成時の保証枚数を増やすということではいかがでしょうか」

「だから前にも言ったと思うが、うちの大西聡は安くないんですよ」

江藤はこれみよがしにため息をついた。

「このあいだの全米ツアーが大成功に終わったのも、大西の実力あってこそのものだ。うちの事務所は大西に非常に期待しているし、さらに大きな飛躍をして欲しいと思っているんですよ」

「重々承知しております」

「この額が承知している額かね?」

相場から言えば、妥当。いやそれ以上だと思う。

だが社長がこれだけ強気に出ると言うことは、もしかしたらそれだけセントラル社が好条件だということなのだろうか?

(……だけど、うちはこれ以上の金額は……)

すでに企画は進行しはじめているし、契約が取れなければ、会社にあたえる損害は小さなものでは済まない。先行の全米ツアーは成功したとはいえ大きな利益を生んだとまでは言えず、ここからが真のスタートというところだったのだ。

だからと言ってこれ以上の金額を出せば、売り出しに失敗したときのダメージが怖い。

葵生の心は千々に乱れた。

そのとき、ふいに江藤が言った。

「……金額的な条件がこれ以上上げられないのなら、それ以外のもので補塡《ほてん》してくれてもいいんだよ?」

「え……?」

顔を上げれば、江藤のどこか下卑た笑顔がある。

「……とおっしゃいますと……?」

「君のことは、以前から目をかけてきただろう」

「え?　え、ええ。ありがとうございます……?」

不穏な空気に、思わず腰が引ける。

津森の言った「やばい噂」が今さらのように気になった。見栄を張らずにちゃんと聞いておけばよかったと思ったが、後の祭りだった。

かまわずに江藤は続けた。

「うちはタレント事務所だからね、ふだんから綺麗な子や可愛い子は見慣れている。だが君のことは、彼らに勝るとも劣らないほどの魅力があると思っていたんだ」

はあ?　と、思わず声を上げそうになった。

決して悪いほうではないだろうが、自分がタレントとくらべられるほどの容姿だとは、とても思えなかった。

それが押しとどめられたのは、同時に手を握られたからだ。反射的に引こうとしたが、放してはもらえなかった。

「そ——そんな、まさか」

いやな予感が走る。

もしかして社長は、本当に自分に手を出そうとしているのだろうか。まさか男に、とは思うが、この業界には実際多いのだ。

――江藤社長には気をつけて
津森の科白が耳に蘇る。

――知ってるかもしれないけど、いろいろやばい噂があるんだ。特に二人きりで会うとか、絶対するなよ？　約束して
彼が言ったのは、やはりこういうことだったのだろうか。そのために、江藤は人の少ない日を選んで呼び出して……？

（いや……でもまさか）

「君が私のものになってくれるなら、契約書にサインしてもいい。アドバンスも勿論、最初の金額で承知しよう」

「え……」

江藤に抱かれれば、サインがもらえる。

それは葵生にとって、ひどく重い言葉だった。

元通りの条件で契約できれば、会社にこれ以上迷惑をかけずに済む。そしてまた、大西の全米ツアーの成功は、葵生にとって自分が中心になって仕掛けた最初の大仕事でもあり、思い入れも一入《ひとしお》だったのだ。これからも自分の手で企画を進めたかった。

そのためなら、一度抱かれるくらい安いものではないだろうか。

（……俺さえちょっと我慢すれば……？）

でも。

江藤は、葵生のそんな心の揺れを敏感に感じ取ったようだった。

「立って、着ているものを脱ぎなさい」

「――……」

「早く。私の気が変わらないうちに」

彼の気が変わったら、この話はなかったことになってしまう。

けっして決心がついたわけではなかった。けれども拒絶する決心もまたつかずに、葵生はのろのろと立ち上がった。

スーツの上着を脱ぎ、ネクタイを外す。舐めるような視線にたまらない嫌悪感を覚えながらも、シャツのボタンを外していく。

「下もだ」

上半身裸になると、そう指示された。

ズボンに手をかける。震える手でファスナーを下ろしていく。

けれども、どうしてもそれ以上手が動かなかった。

（……なんで）

どうせ津森にだって相当な淫乱だと言われたのだ。

——下僕っていうか俺、ただのあんた専用性奴隷なんじゃねーの

別に勿体《もったい》ぶるような身体じゃないじゃないか。津森以外の男は知らないが、処女というわけでもない。

（……でも）

——俺はあんたが他の男に抱かれたら、絶対いやだ。そいつ殺すかもしれない

熱っぽい瞳で、そうも言われた。

「や……やっぱり、……っ」

無理だ、と告げようとした。

だがその途端、葵生は椅子に突き倒されていた。

「社長……っ⁉」

「今さら逃げられると思っているのか？」

かと思うと、ズボンを無理矢理剝《は》ぎ取られる。彼の動きが素早かったのもあるが、なぜだか身体に力が入らなかった。

（な……なんで）

異様な脱力感に困惑する葵生の視界に、先ほど飲み干したばかりのコーヒーが飛び込んできた。

まさかあの中に、何か入っていたのだろうか。

江藤はひどく楽しげに口角を上げていた。

彼は葵生の脚を片方ずつ、両側の肘掛けに掛ける。取らされた姿勢の恥ずかしさに、目を開けていられなかった。

それなのに、狭間《はざま》に突き刺さる視線だけははっきりと感じて、ぞっと鳥肌が立つ。

「っ——」

太腿にふれられ、葵生は息を飲んだ。

「綺麗な肌をしているね」

江藤は跪《ひざまず》き、葵生の胸から腹にかけて何度も撫で、内腿を舐め上げてきた。そして気持ちの悪さに身を竦める葵生の両脚を摑み、さらに深く折り曲げながら、じわじわと舌を中心へ近づけてくる。

「ここも可愛らしい」

そして唇に含まれた。

「ひッ……‼」

思わず悲鳴が漏れた。津森以外の誰かにそんなところを咥えられるのは、勿論初めてのことだった。

津森にされるときは蕩けるように気持ちがいいのに、今はなぜだか嫌悪感しか感じない。

（……前にも、こういうことがあった）

カラオケボックスで男に襲われたのだ。

あのときは津森がたすけてくれたけれど、今回はもうそんな都合のいいことは起こらないだろう。

何しろここ数日、津森は葵生に近づいてさえ来ないのだから。

「サインが欲しければ勃起させてみろ」

無意識に首を振る。そんなことを言われても、できるわけがなかった。それを不満に思ったのだろう、江藤は後ろに指を突き立ててくる。

「うぁ……っ‼」

ぞわっと今までとはくらべものにならないほどの鳥肌が立った。

「やめ……っ、いやだ……‼」

もう堪えられない、と思った。自分の失敗を会社に対して償いたい気持ちはあったけれど、これ以上は無理だった。

だが、暴れようとしても上手く身体が動かない。そのうえ脚を摑まれ、指まで挿入された状態では、逃げられるものではなかった。

精神的抵抗感だけではなくて、乾いた指はひどい摩擦と痛みをもたらす。

「ほう……こっちも経験があるのか。初めてはいつだ？」

それでも、慣れた身体はわかるのだろう。江藤は問いかけてくる。

「言いなさい。私の言うことを聞かないなら、サインはしないよ」

契約を盾に再度問われ、しかたなく唇を開く。

「大学の、とき……」

「相手は誰だ?」

「……同じ、大学の、人……」

「恋人だったのか?」

葵生は首を振った。

「今の相手は?」

いません、とまた首を振る。だが、江藤は納得しなかった。

「嘘だな」

「あぁ……っ」

無理矢理二本目の指を突っ込まれる。葵生は悲鳴を上げた。

「潤滑剤もなしでこんなにやわらかくしておいて、いないわけがないだろう」

言いなさい、と再び促してくる。

けれども、津森の名前は絶対に出してはならないと思った。知られたら、どんなふうに利用され、彼に災いがあるか知れない。

前立腺を強く掻かれ、快感よりも強い痛みに身体が強張る。

（津森……っ）

葵生は苦痛に耐えながら、心の中だけで何度も彼の名を呼び続けた。

＊

その日、休日出勤した津森は、昼食を取りに出るのをやめて、喫煙所でゼリー飲料を啜《すす》っていた。

あれから何を食べても味気なくて、食べる気がしなかった。

（あの人と一緒にいると、どんなもんでも美味いのに）

失敗したな、と思う。

前の日までは、全部上手くいっていたのだ。

学園祭デートして、川原でひさしぶりにトランペットを聴いてもらって、ディナーも食べて、次はセッションしようと約束した。恋人らしいことをするのに、葵生のほうからも歩み寄りが見られた気がしていた。

(彼氏にしてもらえる日も近いかも、なんて思ったのに)

下僕としてのつきあいに、それほど大きな不満があったわけではない。

送迎は、それだけ一緒にいる時間が長くなると思えばむしろ大歓迎だったし、料理するのも、葵生の美味しそうに食べる顔を見られるのが楽しみだった。家電の発達もあって、家事はもともと苦にならないほうだ。

それに、

(ほんとに実質つきあってるようなもんだと思ってたし)

最初にひどいことをしたという自覚もあったし、葵生がゆるす気になれないのは理解していた。四年が過ぎたとはいえ、年月の問題ではないのだろう。津森を下僕扱いすることで気持ちのバランスが取れているのなら、しかたがないと思っていた。

それでも、名前も呼ばせてもらえず、好きだと口にすることさえ禁止された関係に、ずっとどこかで燻《くすぶ》っていたものはあったのだろう。

――だいたいあのときのことだって、ほんとは半分ぐらいレイプじゃなかっただろうが‼

(あんなこと、言うつもりじゃなかったのに)

それほどひどい抵抗をねじ伏せて犯したわけではないのはたしかだが、だからと言って罪がなくなるものでもない。言ってはならないことだとわかっていたはずだった。

――今だって相当な淫乱だし、下僕っていうか俺、ただのあんた専用性奴隷なんじゃねー

のっ
自分の科白を思い出すと、本気で頭を抱えてしまう。

そんなことを実際に思っていたわけではないのだ。

けれど、

——下僕は下僕だから‼　今度女と会うときは、俺の用がないときに会え。それだけだ
あれを聞いたとき、自分の中で何かが切れた。

(恋人同士も同然だって思っていたのは俺だけで、あんたにとっては本当にただの下僕だったのか？)

見ないようにしてきたことを、突きつけられた気分だった。

ちゃんと気持ちは繋がっている、いつか名実ともに恋人になれると思っていたのは、淡い夢だったのだろうか。

(……そもそも、最初から間違っていたのかもしれない)

レイプしてしまったことは勿論だが、そのあともだ。

謝って、下僕になれなんて言われても断って、もっとちゃんと告白しておけばよかったのかもしれない。

でもあのときは、葵生を抱けるようになるだけで有頂天だったのだ。そしてそれ以上に、もし拒否したら絶交されるかもしれないと思った。

津森はそれがとても怖かったのだ。

深く吐息をついた瞬間、すぐ隣でがこんと音がした。自動販売機のジュースが落ちる音だった。

「坂本さん」

はっと顔を上げれば、いつのまにか坂本がいた。彼は取り出し口からコーヒーを出し、プルタブを開ける。

津森は周囲を見回した。坂本は葵生と同じ部署の先輩でよく一緒にいるので、つい探してしまったのだ。

だが、葵生の姿はなかった。

「一人で休日出勤か」

「……まあ」

津森の所属する渉外部は、どちらかといえば事務方のため休日出勤は少ない。今日はたまたまだった。

「あいつと喧嘩《けんか》でもしたの？」

と、坂本は続けて問いかけてきた。

「え」

「小嶋だよ。最近おまえ見てなかったからさ。前は、なんかどうでもいいような口実つくってはしょっちゅううちの部に顔出して、帰りは迎えにまで来てただろ？」

「……」

目立っている自覚はあったものの、先輩社員に指摘され、少しばかり気恥ずかしくなる。セックスまでする仲とは思われていないまでも、多少の違和感は抱かれているのかもしれない。

「……喧嘩っていうか、ちょっと距離置いたほうがいいかと思って」

そう。最初は、ほんの少し頭を冷やそうと思った。それだけだったのだ。

「へー」

「そしたら全然会えなくなっちゃって。結局、俺から行かないと、あっちからは全然来てくれないんですよねー」

ははは、と乾いた笑いが漏れた。

投げつけてしまった言葉を後悔してもいたし、反省もしていた。けれどあれ以上追いかけて、謝罪を続けるのが、辛くなった。

好きなのは自分ひとりなのかと思えて。

（あんたには、安全な相手なら俺じゃなくても、誰でもいいんじゃないかと思えて）

思えば昔から、大学へ追っていったのも、同じサークル、同じ会社を選んだのも、全部自分のほうだったのだ。

そうして追いかけなければ、もっとずっと前に繋がりは切れてしまっていただろう。

そしてそんな関係は、今も変わっていないのかもしれない。

「ふーん。でもさ」

坂本は言った。

「でもあいつ、最近ドアが開くたびにそっち見てるぜ」

「――え」

それがどうした、というような話。それだけでは何もわからない。けれどもなぜか胸が高鳴る。

飲み干した缶を捨てて去ろうとする坂本を呼び止め、津森は聞いた。

「あの、今日はあの人は？」

7

「言いなさい」

三本目の指が挿入《はい》ってくる。葵生はぐ、っと息を詰めた。

「こんなに乱暴にしても壊れないくらい慣らしたのは誰だ？」

ふるふると首を振れば、江藤は薄く笑った。それ自体が一種の答えになってしまったようだ。

「私の知っている相手だな。三渓レコードの者か？」

「ちが……っひっ……！」

痛みに目の前が赤く染まる。いつも執拗なまでに慣らされていたから、その場所でこんなにも苦痛を味わったことはこれまでなかった。初めてのときでさえだ。

「誰だ」

「……っ……」

「私はセントラルから圧力をかけさせて、君の会社がアメリカで商売できないようにすることもできるんだよ」

　セントラル社の名前が出たことに、葵生ははっとした。やはり情報は正しかった。江藤芸能はセントラル社と繋がっていたのだ。

　そのとき、ふいに卓上電話が鳴り出した。

　けれども江藤はそれを無視して、葵生の中を抉る。

「言いなさい」

「……ひあ……っ‼」

　鋭い悲鳴をあげてしまう。

　部屋の外が急に騒がしくなったのは、その直後だった。

「困ります、勝手に……！」

　秘書の声を振り切るようにして、扉が大きな音を立てて開いた。江藤が顔を上げ、大声で怒鳴る。

「貴様、誰も入れるなと……！」

「申し訳ありませんっ」

　頭を下げる秘書を無視して踏み込んできたのは、津森だった。

「津森……っ」

「先輩っ……‼　あんた何やってんだよっ⁉」

おまえこそ、と問う間もなく、津森は目を剝《む》いてまっすぐに駆け寄ってくる。その後ろには、坂本もいた。

「な、なんで……」

しかもこのタイミングで現れてしまっては、葵生の男だと名乗り出たも同然なのではないか。少なくとも江藤はそう考えたようだった。

「おまえが相手か。だが今すぐ出ていかないと——」

だが、江藤の脅しを彼は無視した。躊躇なく引き起こし、殴り飛ばす。江藤は背中から床へ倒れ込んだ。

津森は自分の上着を脱ぐと、葵生をそれに包み、抱きあげた。

「え、ちょっ……」

「待て‼　貴様、契約がどうなってもいいのか……っ」

江藤が叫ぶ。津森はそれを無視した。

「つ、津森……」

こんなことをして、津森が訴えられることになったらどうするのか。

けれども底冷えするような目で一瞥され、とても聞けなかった。

この怖さには覚えがあった。四年前、カラオケボックスで男に襲われかけたときと同じ顔だ。

全裸同然の恥ずかしい姿のまま、タクシーに連れ込まれる。

それからマンションに着くまで、津森はひとことも喋《しゃべ》らなかった。


タクシーが着いたのは、津森のマンションだった。

初めて抱かれたのと同じ部屋。訪れるのはあれ以来になる。誘われても、葵生は頑《かたく》なにここへ来ることを拒んでいた。

室内のようすは、四年前とあまり変わっていないように思える。

けれどもそれを見回す暇もなく、ソファに突き倒された。

「俺、あいつはやばいって言ったよな」

葵生はようやく少し動くようになった手で、上着の前をかき合わせ、じりじりと後ずさる。

「なんであいつと二人きりになるような真似した？」

「し……仕方ないだろ、全然会ってもくれなかったのに、話し合おうって言われたら……っ。おまえこそ、あんな強引に踏み込んできて、何もなかったら」

「なんでそんなにバカなんだよっ⁉」

大問題になる、と言うより先に、怒鳴られた。

「外まで悲鳴が聞こえたからだよ。たすけないほうがよかった？」

冷たい視線を向けられ、小さく喉が鳴った。慌てて首を振る。

「……まさかあんなことになるなんて、思わなかった。俺なんか、襲おうとするなんて」

「自覚なさすぎんだろ……！　この業界、ただでさえ多いってのに。あいつの噂ぐらい聞いたことあっただろ」

「……うっすらと……でも」

「契約書と引き替えにやらせるつもりだったのか」

「ちが……っ」

違う、と言いかけて、声にならなかった。

たしかに最初は、そのつもりがなかったとは言えないからだ。自分さえ我慢すれば、会社に迷惑をかけずに済む。自分の手がけた仕事を全《まっと》うできる。――そう思ったら、拒否できなかった。

途中でとても無理だと悟ったけれども。

「あんたほんとに誰とでもできんの？　だから俺とも寝てんのかよ⁉」

「な……っ」

津森の言葉が胸に突き刺さった。

いくらなんでもひどい言いようだった。

(おまえだけなのに)

津森が自分のことを、そんな男だと思っていたなんて。

だが、もともと誰でもいいようなことを言って津森と関係を続けていたのは自分なのだ。彼の言葉を否定すれば、彼を好きだと認めたも同じになる。それはできずに、葵生は唇を閉ざす。

津森は葵生の顎に指をかけてくる。

「そういう悪い子は、おしおきしなきゃな」

「は……?　何言って」

逃げようとしたが、上手く動かない身体はすぐに捕まってしまう。両手を一纏《ひとまと》めに頭の上で押さえつけられたかと思うと、唇を塞がれた。

「んんっ……!」

首を振ろうとすればもう片方の手で顎を摑まれ、無理矢理唇を開かせられた。その隙間から、舌が強引に入り込んできた。

「や、……んっ……!」

蹂躙《じゅうりん》され、いっそ噛んでやろうかと思ったが、できなかった。深く挿れられた舌で上顎を舐られ、喉の奥までくすぐられる。濃厚な接触に、ここしばらくさわられていなかった身体が、はしたなく悦んでいるのがわかる。

顎を掴んでいた手が離れたかと思うと、下へと伸ばされた。

「ンっ……」

「もう反応してんだ？」

さすが、と揶揄《やゆ》され、かっと頬に血が昇った。

（……キスだけで）

社長には、咥えられてさえぴくりともしなかったのに。

ここ数日、津森とは会っていなかったし、自分で抜くような気分でもなかった。溜まっているぶん感じやすくなっているということもあるのだろう。けれどもそれ以上に彼の手にふれてもらえるのが嬉しい。

「……ぅ、ぁっ……」

津森は茎の部分を緩く撫で続ける。すでに勃ちかけていたものは、擦りあげられればすぐに屹立してしまう。同じように無理矢理されているのに、こんなにも違うのが不思議なほどだった。

「……っあぁ……っ」

「やらしいな。あいつにされた余韻でも残ってた？」

なのに、彼はそんなふうに言うのだ。その科白は葵生の胸に突き刺さった。葵生は首を振った。

「ちが……っ」

「そ？　でもほら、ここ、もう蜜が零れて」

「あああ……！」

音を立てて啜りあげられると、それだけで達してしまいそうにさえなった。

「あ……あ……」

余韻にびくびくと震えてしまう。つうっと蜜が糸を引く。

ぎりぎり堪えたそれを放って、津森は後ろの孔へと手を伸ばしてきた。

「……ひぁ……っ」

「あいつにここ、指突っ込ませたんだろ」

「……っ……」

あの一瞬で、そんなところまで見えていたのかと愕然《がくぜん》とする。恥ずかしさが突き上げてくる。

けれどもそれはまだ序の口だったのだ。津森は指先で襞を広げるようにして、しげしげとそこを覗き込んできたのだった。

「や……み、見んな……っ」

「乾いてんな。ローションも使ってもらえなかったのか。そういうやつでもいいのかよ、あんた？」

涙目で訴えても、津森は少しも聞いてはくれない。窄《すぼ》まりを調べられ、確認されて、いっそういたたまれなくなる。

「でも切れてはないみたいで、よかったんじゃね？」

ちょっと赤くなってるけど、と言いながら、津森はその部分に舌を這わせてきた。

「ひ……」

（……嘘）

やわらかく湿った感触がふれた瞬間、ぞわり、と異様な感覚に全身が粟立《あわだ》った。

「いやだ……‼　やめろっ」

怒鳴っても、聞かない。いつもなら、葵生の嫌がることは決してしない津森が、今日は何を言っても聞いてくれない。

（怖い）

舌先でちろちろと濡らされる。

「ん、や、あ、あっ……！」

やがてしっとりと湿ってくると、中にまで入り込んでくる。ぬめぬめとざらつく舌で、入り口の襞を広げていく。

「ん、んん……っ、んっ……！」

いやなのに、腰が勝手に浮きあがり、泣きたいような気持ちになった。

「も、やめろってぇ……」

「でも、こっち凄ぇよ？　さわってなくてもだらだら濡れてきてる」

そう言って、津森は先走りをすくい取った。指に絡めて後ろへふれてくる。舌のかわりに、ずるりとそれが挿入ってきた。

「や、ん、あぁっ……！」

「……やっぱこれだけじゃ、ぬめりが足りねーかな」

言いながら、津森はぐちぐちと音を立てて出し入れする。その指が葵生の腹側の浅いところを撫で、痺れるような性感が走った。

「はあ、あ……っ」

「……気持ちいい？」

「あ、んっ、んんっ……んぁ……っ」

指を増やされ、緩く擦られる。

「ここ、あんたの悦《い》いとこだよな？　あいつにもさわられた？」

「……っ……」

（そう、いえば）

たしかに弄られた、と思う。指を三本も突っ込まれていたのだから当たり前だと言ってもいい。けれども快感の記憶はない。

ただ痛いばかりで。

「あ、あぁ……っ」

「あいつとどっちがいい？」

当たり前のことを聞くな、という意味を込めて、力の入らない手で津森の腕を握り締め、喉を反らす。

「はあ、あ……っ」

前の屹立はだらだらと蜜を零し、限界が近いことを示している。けれども決定的な刺激はあたえてはもらえない。

「ほら、答えて」

促され、葵生はのろのろと唇を開いた。

「……痛い、だけ、……おまえじゃないと」

津森が軽く唇を舐めるのが見えた。葵生の答えは、それなりに気に入ってもらえたらしい。

「そろそろいけっかな」

身を起こし、ズボンの前を開ける。取り出されたものはなぜだかいつもより大きく感じられて、どくんと心臓が脈打った。

彼はそれにたっぷりとローションを垂らすと、軽く扱いて塗りつける。そしてほとんど両脚を折り曲げるようにして、葵生の後ろにあてがってきた。

「やだ……っ」

反射的に腰が引けた。

彼がゴムをつけていなかったからだ。

「ナマ、いやだっ、やだ……っ」

渾身の力を振り絞ったつもりだったが、実際にはあまり効果はなかった。津森は容赦なく身体を進めてくる。

「やだ、やめ……っあ、あ、あ……！」

直腸をいっぱいにして、ずるずると挿入されてくる。圧迫感と裂けるような苦しさに、生理的な涙がぼろぼろ零れる。

なのに、今目にした津森の性器と、自分の体内がじかに接しているのだと思った瞬間、それが快感に変わってしまった。

「あ、あぁ、あぁぁぁ……っ——‼」

奥まで届いたものをきゅうきゅうと締めつける。

（イく……っ！）

堪えようと無意識に首を振ったが、とても我慢できなかった。葵生はびくんびくんと断続的に身体を震わせた。

「……っせんぱ……」

津森が上で息を詰める。中のものが一層大きさを増したような気がした。

「……っ……」

「すげ……気持ちい……」

吐息とともに津森は呟く。葵生はぐったりと余韻に喘ぎながら、その声を聞く。

「あんたも……挿れただけでイくくらい悦かった？」

「……っ……や、動く、な」

まだ無理、というのに、軽く揺すられた。体内のどこかを津森のものが強く突く。

「……ああ……！」

「ここ？」

「や、ちが……っ、あ、だめ、抜けよ……っ‼」

首を振る。このままだと射精されてしまう。

(中に出される)

それはどんな感じだったろう。

無意識に想像した途端、ぞくりとした。何度も何度も津森とセックスしたが、最初の一回以外、それを許したことはない。

(でも、やだ……！)

もう、あんなことは。

けれども逃げを打とうとする腰を強く引き寄せられ、狙うようにその部分を先端で擦られる。

「あ、あ……っ」

「なあ、ずいぶん気持ち悦さそうじゃね？　ナマいやって言う割にはさ」

「そんなこと、な……っ、抜け、って……」

「俺とあんたの、粘膜がじかに接してんだよ？　ほら、感触違うのわかんだろ？」

「ひ……」

薄い膜一枚のことで、実際にはどれほど違うのかと思う。けれどもそう囁かれて、火がついたように中が熱くなる。内壁が津森に絡みつき、締め上げる。いやなのに、まるで搾り取りたいみたいに勝手に身体が反応する。

「ッ……！」

絞られて、津森の動きが早くなる。

「うあ、あっ、あん……っ」

彼の射精が近いのがわかる。

「あっ、中、やだ、やだ、あっ、あぁっ、んっ……！」

何度も首を振る。ぼろぼろと涙が零れて止まらなかった。

それでも、締めつけるのをやめられない。じかに接する粘膜は、いつもよりずっと熱く感じられた。

強く突き上げられ、勢いよく注ぎ込まれる。

「ん、あぁぁ……っん」

その感触を受け止めた瞬間、葵生もまた昇りつめていた。

8

しばらく、軽く意識を飛ばしていたらしい。

気がつけば、津森の膝枕で横になっていた。

(江藤社長のところから連れ戻されて、それから、中に)

射精されたことを思い出し、体奥が騒《ざわ》めいた。

(……洗わないと)

強迫観念に近いものに追いつめられて、津森の体温から離れたがらない身体を無理に引き剝がす。

そしてそろそろと立ち上がろうとして、へたり込んだ。

「……大丈夫?」

津森が声をかけてきた。昨日の火のような怒りは一応治まっているらしい。

「さわんな……っ」

「もしかして、あいつに薬かなんか使われてた?」

「……」

証拠があるわけではないが、実際コーヒーの中には何か身体の動きを鈍くするタイプの薬が混ぜられていたのではないかと思う。

葵生が答えないのを肯定と取ったらしい。

「そっか……。途中から変だとは思ってたんだ」

津森は葵生を引き起こそうと、腕を掴む。

「放せ……っ、あ、……ッ……」

それを振り払おうとした瞬間、中からどろりと溢れ出た感触があった。

羽織らされたままの上着の裾を慌てて引き下ろし、隠そうとする。けれどもあまり効果はなかった。

恥ずかしさと情けなさに、じわりと涙が滲む。

「……泣いてんの?」

津森が問いかけてくる。葵生はさらに深くうつむいた。

「なんでそんなにいやなんだよ、中に出すの。……っていうか、普通に考えていろいろいやなのはわかるけど、それだけじゃないんだろ?」

津森は大きな手でうつむいた葵生の顔を上げさせ、頬を拭う。

「なあ、どうして?」

葵生は頭を振って、またそれを避けた。

「答えないなら、また生で犯すよ」

「……っ、思い出すからだよっ……」

途端に昨日の怖いような感覚が蘇り、反射的に葵生は答えた。

「思い出す？」

「……最初のときのこと……っ」

「ああ……」

津森は深くため息をついた。

「あのときのことは、本当に悪かったと思ってるんだ。──なのにまた同じようなことして、どうしようもねーよな。……ただ、あんたがあいつに犯《や》らせる気だったのかと思ったら、我慢できなくて」

「……」

「俺、言う権利ないかもしれないけど、でももうほんとにああいうことはやめてくれよ。頼むよ。俺がどんなに心配したと思ってんの」

床に座り込む格好になっている葵生には、下から津森の表情を覗くことができる。彼のほうが泣き出してしまうのではないかと葵生は思った。

「……俺が他の男と寝たら、そんなに気になる？」

「何言ってんだよ、なるに決まってるだろ……っ！」

「なんで？」

「なんでって、……」

津森は絶句したように黙り込む。そして再び吐息をついた。

「もう、あんたの言うことを聞くのはやめた」

「え……？」

「やっぱ最初が間違ってたんだ。嫌われたくなくて、なんでもあんたの言うとおりにしてきたけど、ちゃんと言うべきだった」

彼は、強く葵生の肩を摑む。

「好きです、俺とつきあって」

「──……」

その言葉に、葵生は思わず目を見開いた。

（……そんなわけない）

だったら、元カノのことはどうなるのか。四年前は勿論、ついこのあいだだって会っていたくせに。

「……嘘」

つい、口を突いて出る。

「嘘なわけないだろ、なんでだよっ……！」

「だって、……おまえ、他に好きなやつがいるだろ」

「はあ？　なんだよ、それ⁉」

津森は声を荒らげる。

「いるわけないだろ、このあいだの女のことならほんとに違うからな？　だいたい、好きじゃなきゃなんでこんなに、あんたのために必死になってると思ってんの⁉」

たしかに、津森がこの四年、献身的に尽くしてくれたことは事実だけれども。

「つ……罪滅ぼし、とか」

「それもあるけど、それだけなわけないだろ。……好きだから。一緒にいたかったからだよ。俺がつくったもの食べたりして、あんたが喜ぶ顔が見たかったからだ。……信じられない？」

じっと覗き込まれ、葵生は思わず目を逸らす。もしかして、彼女とは本当によりが戻っていないのだろうか。

「だって、……いつから、そんな」

「最初からだよ」

津森は即答してきた。

「ほんとはこういうことになるずっと前から、……高校の頃から、先輩のことが好きだったんだ」

葵生は呆然と津森を見上げた。それが本当なら、と思う。けれどその言葉を信じることは、とてもできなかった。傾きかける心を、懸命に引き戻す。

「でもおまえ、あの頃女とつきあってただろ、ほとんど切れ目なく……！　しかも最初のときだって、おまえが彼女に振られたって凄い落ち込んでて、……それであういうことになったんだっただろ……⁉」

そう、あまりに辻褄が合っていないのだ。あのときの、津森が彼女を呼ぶ声が耳に蘇る。

彼の言葉が嘘に聞こえる。

「そうだけど、でも俺は」

「俺のこと、彼女の身代わりにしたくせに……‼」

耳を塞ぎ、思わず叫ぶ。その瞬間、我に返った。

「……身代わり？」

（あ……）

言ってしまった。絶対に言うつもりなどなかったのに。

（バカだ）

せっかく津森が好きだと言ってくれたのに。嘘の追及なんかしないで、騙されたふりをすればよかった。そうすれば恋人になりすまして、これからも一緒にいられた。

「今の、どういう意味」

けれども一度口にしてしまったら、もう遅い。

半ば自棄《やけ》になって、葵生は口にする。

「……最初のとき、彼女の名前を呼びながら、俺のこと抱いただろ」

「名前って、……え、俺呼んでた？」

「……彼女、あおいって言うんだろ。あと、顔もちょっと似てるよな。プリクラ見た。スマホの裏に貼ってあったやつ」

こんなことを、四年もたってから蒸し返す自分が情けなかった。また涙が滲みそうだった。いったいなんで今さらこんな話をするはめになったのかと思う。

「あれ、見たのか……」

津森はまた頭を抱えた。

「まあ隠してたわけでもなかったもんな。あのあとすぐスマホごと替えたけど。——え、っていうか、……妬いてくれんの？」

今気がついたように問い返す津森の顔には、微かに喜色が滲んで見えた。

「……っ、おまえ最低っ」

「ごめん、今のなし……！　ごめんって。……でも、それは先輩の誤解だよ」

「誤解？」

あの頃、と彼は言った。

「……絶対、先輩が俺のこと好きになってくれるわけないと思ってたからさ。普通に女の子好きだったただろ？　彼女がいた時期もあったたし、合コンにも行って」

「それはおまえも一緒だっただろ」

合コンには、津森とも何度か同行しているのだ。

「そうだよ。他の子を好きになれば忘れられるかと思って足掻いてたんだ。そうじゃないと、いつかとんでもないことしでかしそうで」

「とんでもないことって……」

「身をもって体験しただろ？」

津森は自嘲《じちょう》気味に唇だけで笑う。その答えに絶句する。

「でも、誰とつきあってもだめだった。あんたといるほうが楽しくて、彼女のこと蔑《ないがし》ろにしちゃうんだ。……そんなときあの子と知り合った。……最初は、なんとなく似てると思ったんだ、先輩に。そのあと、字は違うけど名前も一緒だってわかって、運命かと思った。この子なら好きになれるんじゃないかって」

違ったけど、と津森は呟く。

「先輩が彼女に似てたんじゃない。逆だよ。彼女が先輩に似てたんだ」

その言葉を素直に信じてしまいそうになる。そうだったらいいのにと思う心に引きずられてしまう。葵生はそれを無理矢理振り払う。

「……でも、俺とするのは初めてだったのに、いつもはああだとかこうだとか……、変なことばっか言ってたじゃんか。それに、あのときまで名前で呼ばれたことなんて全然なかったのに」

あの態度は、何度も寝た相手に対する態度だったと思うのだ。

だが、津森は言った。

「呼んでたよ。ひとりのとき」

「……ひとりって、え……?」

意味を察して、体温が急に上がった気がした。

「ひとりで抜くときは、いつもあんたの名前、呼んでたよ。だから出たんだと思う。彼女がいても、ネタはずっと先輩だったからさ。えろいこと、いろいろ言っちゃったみたいなのも、まあお察しっていうか」

津森はめずらしく手で顔を覆い、うつむいた。けれども隠せない耳が赤く染まっているのがわかる。

つまりもともと妄想の中で葵生といろんなプレイをしていたのが、実際の行為のときに反映されていたということなのか。

そう悟ると、葵生の頬もますます熱くなった。

「……あのさ」

津森は手からちらりと顔を覗かせた。

「もしかして、あのとき凄い怒ったのは、レイプよりそっち？　身代わりにされたと思ったから？」

「……っ」

遠慮がちに問いかけられた言葉に、葵生は答えることができなかった。

身代わりにされたと思ったのが誤解だったのなら、津森の気持ちを信じてもいいのだろうか。

「あの……このあいだ言ったことは言いすぎたっていうか、心にもないことを言ってしまったっていうか、ほんとに反省してるんだ。……でも実を言うと、あんまり強い抵抗された覚えがないってのは本当で……なのに朝になったら先輩がすげー怒ってたの、ちょっと違和感はあって」

「……っレイプされたことだって怒ってたよ……！」

自棄のように、葵生は叫んだ。

それは嘘ではないのだ。

「……でも、ちょっといい気にもなってたんだ。おまえ、俺のことそういう意味で好きだったのか、って嬉しくないわけでもなくて。それまで考えたこともなかったけど、俺たちこれからつきあうのかなとか……」

「先輩……」

津森が手を握り締めてきた。

「そしたら偶然、プリクラ見つけた。どん底の気分になって、そんなときに中からおまえが出したのが出てきて、……あんな情けない思いしたの、生まれて初めてだった」

「……ごめん」

津森は神妙に頭を下げた。握った手に力がこもる。

「……それに、おまえ最近でも彼女に会ってただろ」

「えっ？」

「会社に迎えに来るって言ったくせに来なかった日」

「ああ……、もしかしてどっかで見た？」

やはり見間違いではなかったらしい。葵生は頷いた。

「そっか……」

あの日、と津森は言った。

「会社に向かう前に、差し入れ買おうと思ったんだ。で、ターミナルの地下駐車場に車を停めて上がっていったら、ばったり彼女に会った。別れた日以来だった。少し立ち話して……そしたら彼女に、ちょうどいいところで会った、しつこい男と別れたいから新しい彼氏のふりをしてくれって頼まれてさ。彼女には借りがあるから、断れなかった」

「借り？」

「別れたっていうか、振られたの、……身代わりだったこと気づかれたからだったからさ。最初はそんなつもりでつきあいはじめたわけじゃなかったんだけど、申し訳ないことしたってさすがにずっと思ってたから」

それで二人で彼女が男と待ち合わせをしている駅まで行って、ひととおりそれらしく振舞ってみせたのだ、と。

「――ほんと、最低だな」

と、葵生は言った。

「女の子を身代わりにするなんて」

もうひとりのあおいがどれほど傷ついたか、長年代わりにされたのは自分だと誤解していた者としては、身に染みてよくわかったからだ。

「反省してる、本当に。自分でも最低だったと思ったから、あの夜も凄い落ち込んでたんだから」

初めて抱かれた夜、津森が柄でもない深酒をするほど落ち込んでいたのは、彼女に振られたからという理由ではなかったのか。それよりむしろ、自分自身の最低さに嫌気がさしていたからだったのだろうか。

（……ほんとにたくさん誤解してたんだ）

今さらのように葵生は思った。

「もっと最初から、引っかかってることなんでも聞いてみればよかったんだよな」

そうすれば、こんなに長いあいだ心がすれ違っていることもなかった。

「……でも、聞くのが怖くて」

「そう思ってくれたってことは、少しはあんたも俺のこと好きなんだって、思っていいんだよな？」

問いかけられた瞬間、一気に頬が熱くなった。そんな葵生を、津森は強く抱き締めてくる。

「昔からずっと、好きなのは先輩だけだったよ。今度こそ俺の気持ちを信じて、ちゃんと恋人としてつきあってください」

こくりと頷くと、また涙が滲んできた。

津森はそれを唇で吸い取り、そのままそっと口づけてきた。

どうしても身体を洗いたくて、

——風呂入りたい

と言ったら、津森が用意してくれた。

――ああ、うん。掻き出さないとな
――っていうか、あいつにさわられたとこ、気持ち悪い
中に津森が出したものが溜まってる感じは、重苦しくはあるものの、けっこう悪くなかったのだ。出してしまうのが惜しいと思うほど。

(……意外といやらしかったんだな……、俺)

もう下僕じゃなくて、普通に恋人としてつきあうことになったんだから、一方的に世話を焼いてもらうのもおかしいのではないか。

一応そう言ってはみたものの、

――いいよ。俺、けっこう性に合ってるみたいなんだよな。好きな人の我儘きいてあげんの楽しいよ
と、津森は言うのだった。

(できたやつ……っていうか、ちょっとMっ気でもあるんじゃないのか?)

とも思う。

ともかく前に座らされ、石鹸《せっけん》のついたてのひらで肌を洗われた。

「ここ、さわられた?」

「ん、うん……っ」

津森の手で上書きしていく。胸全体から乳首の上を何度も撫でられ、軽く摘まれると、小さく声が漏れた。

「っ、……おまえ、まだやるのかよっ……？」

「うん？　洗ってあげてるだけだけど？」

とはいうものの、そこから下へ下がっていけば、勃ちかけた性器がある。葵生自身、ここでやめられるのは辛くなっていた。

「そこ、も……」

「うん」

少し低い声で答えたかと思うと、きつめに握り込んでくる。葵生は息を詰めた。

泡をなすりつけるように強く上下に擦られる。ぬめりのせいで痛みはないが、少し怖いくらいの力加減だった。

「あっ、あっ、あっ――」

津森の秘めた怒りを感じて、もしかしたら潰されるのではないかという微かな恐怖を覚える。なのにそれとは裏腹に、そこはあっというまに反り返ってしまう。絶頂に向かって走りはじめる。

「や、ああ……ッ」

だが達する寸前で、津森の手が止まった。

（え、なんで……？）

快感でずっと伏せていた瞼を開ければ、正面の鏡の中で、津森がどこか意地悪な目で見つめている。

「脚、自分で持って」

と、彼は言った。

「え……⁉」

「掻き出さなきゃだろ？　肘掛けがないから、自分で持って開いて」

「な……っ」

「大丈夫、背中支えてるから、ひっくり返ったりしないって」

想像しただけでも恥ずかしい格好に、かっと頬に血が昇った。

「冗談じゃ……っ」

「じゃあずっとそのまま、達《い》かないで、俺が出したの腹に溜めとく？」

「……っ……」

ずきん、といっそう下腹が重くなったような気がした。

津森がしてくれないなら、自分の指でするなり手はあった。それでも言うことを聞く気になったのは、

「社長室でやってたのと同じ格好してみなよ。俺にも見せて」

そんな科白に、彼の嫉妬を感じたからだ。安易に身体を張ろうとしたことは、葵生が思う以上に津森を傷つけたのかもしれない。

後ろにいる津森の腹に上体を預けて、そろそろと両脚を抱え上げる。

「もっと」

「……っ」

つけあがんな、と思いながらも、腹につくまで抱えれば、

「いいよ。開いて」

さらに命じられ、なかば自棄になって開脚した。

鏡の中には、信じられないほど恥ずかしい自分の姿が映っている。薄赤く染まった窄まりに、津森の指が近づいてくる。

「んっ……」

慣らすときみたいに、中に入り込む。

「……まだやわらかいな」

「さっさと、しろよ……っ」

ぐち、と音を立てて二本目が挿れられる。広げられると、どろりと溢れ出してくるものがある。

「……っ……は」

「ちゃんと見て」

直視できずに目を逸らせば、すぐにそう命じられた。

そろそろと視線を戻す。

鏡の中でいやらしい孔が、ぱくぱくと白濁を零しているのが見える。

「……やだ……っ」

「なんで？　凄い可愛いのに」

「ばか……ぁっ……！」

津森の指が感じやすい部分にふれ、びくりと身体が跳ねた。

「気持ちよくしてあげるためにやってるんじゃないんだけどなあ？」

と、津森は微笑《わら》うけれども、そこにふれられれば、慣れた身体が反応してしまうのはしかたのないことだった。

「ん、ん……っ、そこ、あ……っ」

「締めたら出せねーよ？」

「うう……んっ」

必死に力を抜けば、ずっぽりと深く入り込んでくる。鉤型《かぎがた》に曲げられた指で奥を抉られて、感じないでいられるわけがなかった。

何度も無意識に締めつけては、たしなめられて開く。

「あ、あっ、もう、あん、……ッ」

「かき出されてるだけなのに、そんなに気持ちいいの」

「や、……だって、……あぁ……っ」

半端に放り出されたままの性器が、蜜を零して震える。鏡の中の自分は、ひどく上気した淫らな顔を晒している。

「もういいかな」

と、やがて津森は指を抜き取って言った。

「あ……」

辛かったのに、中を侵すものがなくなると、なぜだか急に物足りなくなった。無意識に、そこへそろそろと指を伸ばしてしまう。指先で濡れた窄まりにふれる。

「……っ……」

「……挿れたいの?」

囁かれて、はっとした。

「ちが、……まだ、中に残ってる、から」

「そっか」

津森は小さく笑った。そして葵生の背中に自身を押し当ててくる。

「こっちで掻き出して欲しくない?」

それでするのは無理だろう、と思うのに、ふれてくる熱さに抵抗できない。葵生は振り向いて、自分からキスをしていた。

「ん、ん……っ」

膝に乗り上げて、自ら舌を絡めながら、屹立した津森のものに自身を擦りつける。

「……やらしいね。そんなに気持ちよかった?」

「そっちこそ、掻き出しただけで……こんなにしてるくせに」

「いいもの見せてもらったからね。先輩の孔から、俺が中出ししたやつが出てくんの、凄い興奮した。……しかも中の感触が凄いうねってて、挿れたらどんなふうに締めつけてくれんのかな、とか」

「ばか、黙れよ」

葵生は津森のそれに手を添え、軽く腰を浮かせた。先端を孔にあてがい、挿入しようと試みる。

「いいの?　せっかく掻き出したのに、また中に出しちゃうぜ?」

「いいから……っ」

下腹を擦りつけてねだる。奥が熱をもって疼いて、埋めてもらわなければおかしくなりそうだった。

津森が葵生の腰を膝の上に抱え上げ、屹立を後ろにあてがう。開ききったその場所に、ずぶずぶと挿入り込んでくる。

「あ、あ、あ……っ」

下から貫かれる快さに、葵生は大きく背を撓らせた。それと同時に精を吐き出し、ぐったりと津森に凭れかかる。

「……大丈夫？」

「凄い……深い、苦し……っ」

「そう？　身体には歓迎されてるみたいだけど」

「……っ、……よくないとは言ってないだろ……っ」

苦しいけど。

口にしてしまった言葉の恥ずかしさに、きゅっと後孔を締めつけてしまう。津森が小さく吐息をついた。

「気持ちいい。……搾り取られそう」

「も、いいから……っ」

早く、と促せば、頬にキスをくれる。

「動くよ」

と、彼は言った。

浴槽の中で身じろぎすると、ちゃぷ、と小さな水音がする。

また中で受け止めて、掻き出されて、エンドレスになりそうなところをどうにか止めた。さすがに疲れて、でももっとしたいような気もする変な気分で湯船に浸る。これ以上したら、本当に明日出社できなくなってしまう。

背中には津森の体温があって、包み込むように腕が胸の前にまわっている。とても心地よくて、このまま眠ってしまいそうだった。

「あ――会社行きたくねー」

目を閉じて身体を預けながら、ぼんやりと呟く。

仕事は基本的に好きだから、こんなことを思うのは、入社して以来初めてだったかもしれない。

津森との仲直りはできたものの、江藤芸能との契約の件はまったく片づいてはいなかった。せめて津森が江藤社長を殴ったことで、さらに騒ぎが大きくなっていなければいいのだが。

大丈夫かな、と呟けば、多分、と津森は答える。

「ドア開けてやばいことになってたら、写メ撮っておいてくれるように、坂本さんに頼んであったからさ。それが多少抑えにはなるんじゃないかな？　あと、先輩の服と荷物も回収してくれてると思う」

「おまえは……先輩をこき使ったのかよ？」

「非常事態だったからさ」

と、津森は悪びれない。

「俺はあんたを連れて逃げるだけで手一杯だったし」

そう囁きながら、肩に顎を乗せ、ぎゅっと抱き締めてくる。気持ちよくて、吐息が零れてしまう。

「……まあ、実際たすかったけどさ」

あのとき津森が来てくれなかったら、今頃どうなっていたか。考えただけでも鳥肌が立つ。

小さな声で、今更のようにありがとうと言えば、どういたしましてと返ってきた。

「あのさ、あと契約のことだけど」

「うん……？」

「今度来日するセントラル社の偉い人に紹介するから、直接話してみたらどうかな。俺、ちょっとコネあるし」

「え……!?」

思いもよらない言葉に、葵生は思わず振り向いた。

「なんでおまえが!?」

「うちの部署、しょっちゅう業界関係のパーティーとか呼ばれるから、それで知り合ったみたいな?」

軽く呆然とする。そういえば津森は妙に顔が広く、誰とでも上手く親交を深められるようなところがあったのだ。

「そういやおまえ、俺の家族ともいつのまにか仲良くなってたよな……」

「ああ、まあね。先輩がなかなか落ちてくれないから、外堀を埋めてみよう、みたいな? 勿論それだけで親しくさせてもらってるわけじゃないよ。先輩の家族も友達も、俺にとっても大事な人だから」

もともと今回の件は、江藤芸能とセントラル社のあいだで正式に動いている話ではないのではないか、と津森は言った。普通に考えて、セントラルにメリットが少なすぎるからだ。もしかしたら江藤とセントラルの下っ端の役員か誰かが、裏金か何かで通じているのではないか。

「それより上と話せば……まあ他の部分でそれなりの交換条件は出されるかもしれないけど、もともとうちとバニシング社が手がけてた話だし、そっちとの関係もあるからね。引いてくれる可能性はけっこうあると思うんだ」

津森の提案で、急に目の前が開けた気がした。

「俺も一緒にいくから」

と、津森は微笑う。

その首に思いきり抱きつけば、バランスを崩して二人ともざぶんと頭まで湯船に沈んでしまった。

「ぷは」

浮かび上がって、顔を見合わせて笑う。

そしてどちらともなくキスを交わした。

三月最後の週末。

DT部のメンバーたちは、須田のマンションで同棲することになった、白木の引っ越しの手伝いに集合した。

須田は新居で白木が使う部屋を片づけ、そのあいだに部員たちは白木の旧居で荷造りをして運び出す。

「ってか、なんでこんなに荷造り進んでねーんだよ?」

「仕事マジ忙しかったんだよ。ちょっとずつはやってたんだけどなー」

とはいうものの、箱に詰められているもののほうが少ない。

「白木先輩、これは?」

「あ、そっちのは捨てるやつだから紐《ひも》でくくって、向こうのは持ってくから箱に詰めてもらえるか?」

「了解——!」

葵生は津森も連れてきていた。というか、本人が行くと言ったのだ。

——せっかくの休みだから一緒にいたいじゃん。須田先輩もいるんなら、俺がいても浮かないっしょ?

実際、ほとんど面識がないはずの他のメンバーたちとも、到着して三分で打ち解けてしまった。

それはそれで少しだけ面白くない。

(誰にでも先輩先輩って、津森から見ればそりゃ先輩だろうけども)

津森は他のメンバーたちの指示にもおとなしく従って、よく働いている。特に白木には懐いているように見える。

(そいつには、他に彼氏いるんだからな)

などと、別に疑っているわけでも心配しているわけでもないのに、つい思ってしまうほどだった。

……と、そんなとき、ふと面白いものを見つけてしまう。

「白木ー、これは?」

「え、うわっ……‼　馬鹿っ」

コンドームの箱だった。笑顔でカサカサと振ってみせる。白木は慌ててそれを葵生の手から取り上げた。

「別にめずらしいもんでもねーだろ……!」

おまえらの家にもあるだろう、と言われれば、そのとおりだけれども。

「まーね。でも、やらしーの使ってんのな?」

「うるせーよっ。俺が買ってきたわけじゃねーから‼」

真っ赤になって、白木は向こうへ行ってしまう。

(……ということは須田か。けっこうむっつりなんだなあ)

優等生の意外な一面を見た思いだった。

「羨ましい?」

「うわっ」

ふいに背中越しに声をかけられ、飛び上がりそうになってしまう。津森だった。

「わけないだろ……‼」

「はは。かーわいい」

そう言って頬に軽くキスしてくる。解禁になったせいか、この頃よく津森は可愛いとか好きとか言ってくる。

「ちょ、人前で」

きちんとつきあいはじめたことは白状してしまったとはいえ、やはり一応慎《つつし》むべきだとは思うのだ。

けれども津森は悪びれない。

「今度買っておいてあげるよ。もっとえろいやつ」

「羨ましくないって言ってるだろ‼」

1DKに成人男子五人。白木の旧居は芋《いも》を洗うような混雑だが、それだけに荷物が片づくのは早かった。

津森は本当によく働いたし、葵生もそれなりに。榊は一時ハウスキーピングを本業にしていたこともあって、可愛い顔をしてびっくりするほどの手際のよさだった。

真名部は……まあ御曹司なりに、と言ったところだろう。榊の言ったとおりに食器を新聞紙でくるんで箱詰めしていく姿は、なんだか可愛らしかった。

荷造りが終わると、津森が借りてきたバンに乗せて二往復。

あとは新居での作業になる。

段ボールをすべて運び込み、あとは白木の指示の下で荷解《にほど》きをした。

「にしても、おまえよく働くなぁ」

という白木の声が、背中に聞こえてきた。それに津森が答える。二人は一緒に本の整理をしていた。

「慣れてるんで」

「ああ、小嶋の世話?」

などと楽しげに笑いあう。

(悪かったな)

未だに津森には甘やかされるままになっていることは、否定できないのだった。

「それに白木先輩には世話になったたし」

(……え?)

その科白に、小さく引っかかる。津森が白木の世話になった？　なんのことだろう？

（……もしかして？）

ふと閃《ひらめ》きかけたときだった。

「小嶋、これ風呂場に適当に置いといてくれる？」

荷造りしないまま持ってきた、シャンプー等の入った籠《かご》を須田に渡されて、葵生はバスルームへ向かった。

「うわ、すげー……」

扉を開けると、真っ先に目についたのは大きな鏡で、思わず棒立ちになってしまう。以前、鏡の前で掻き出された羞恥プレイを思い出さずにはいられなかった。

「うん？」

そこでまた、津森が後ろから覗き込んでくる。もの言いたげな目と目が合って、葵生はつい、

「羨ましくないからな……！」

そう叫べば、津森は噴き出す。すっかり墓穴だった。

おおむね片づいた夕暮れどき、タイミングよくケータリングが届いた。

ここからは榊の恋人で同級生でもある一柳《いちりゅう》、真名部の恋人で叔父《おじ》の悠史《ゆうし》も来て、引っ越し祝いのパーティーが始まる。

さすがにこの料理は白木の奢りだったため、

「次の会合は奢らせるからな」

「わーってるよ」

という会話を交わす。身から出た錆《さび》だ。

「そういえば、さっきちらっと聞こえたんだけど」

「うん?」

「津森がおまえに世話になったって言ってた。何かあったのか?」

問いかけると、ほんの一瞬だが、白木はぎくりとした顔をした。

「あ? いや?」

「嘘だな」

「嘘っていうかさ、……せっかくくっついたんなら、本人に聞けばいいんじゃね?」

ほら、と空いた皿を持たされて、押し出される。その先はキッチンで、洗い物を食洗器に片づける津森がいた。

たしかに、ほんとに働くよな、と葵生は思う。

「お疲れ」

「先輩もね」

声をかけると、軽く返ってくる。

(先輩、か)

「ん?」

「いや……おまえの先輩って俺だけじゃないんだな、って思ってさ」

「そりゃね。俺から見ればみんな一学年上の人たちだし」

「だよなー」

津森は葵生から皿を受け取ると、一緒に食洗器に突っ込んでいく。

「……あのさあ、さっき聞こえてきたんだけど」

と、葵生はここへ追いやられた目的を思い出す。

「白木に世話になったって、何してもらったんだ?」

「あー……それ」

なんとなく言いにくそうな津森を、じっと見上げて促す。彼はやがて唇を開いた。

「学園祭に行った日、偶然白木先輩を見つけたんだ。それで俺、直接好きって言うの禁止されてたからさ、どんなにあんたを好きかっていうのを間接的に訴えたわけだよ。そしたら白木先輩がちょっと口添えしてくれたみたいだったから」

「ああ……やっぱり」

そんなことじゃないかと思った、と軽く頭を抱える。会合で、なんだか白木が妙に押してくるのが不思議ではあったのだ。どこまでが津森の意図通りだったのかはともかく、これで辻褄が合った。

「あのさ、先輩」

食洗器に食器を納め、スイッチを入れると、津森は立ち上がって手を洗う。

「うん？」

「……先輩のこと、名前で呼んじゃだめかな」

こういうときまぎらわしいし、もう誤解も解けたんだからさ、まだちょっと引っかかるかもしれないけど……などと津森はめずらしく目を合わせずに言い連ねる。それを遮るように、葵生は言った。

「……いいよ」

「ほんとっ？」

「誤解は解けたし、……まぎらわしいだろ」

葵生はひどく気恥ずかしい気持ちになりながら、津森と同じことを繰り返した。口実はなんであれ、自分だけの呼び名で呼ばれてみたくなったのだ。

「ありがと」

「礼を言われるようなことじゃ」

目を逸らす。津森は両手で彼の手を握ってくる。

「葵生」

そう呼ばれた途端、じんと胸に響いて、葵生は思わず顔を上げた。津森は少し困ったような瞳で葵生を見つめている。

「もう一つ言っていい？」

「うん」

「……うちのマンションのほうが会社に近いし、部屋も余ってるしさ、……先輩の部屋もつくれるし、レコードのコレクションだって持ってきてくれていいし、ドラムセット置いてもいい。リフォームしてバスルームの鏡の大きさ三倍にしてもいいから」

「ばか、鏡は余計だ」

「……葵生」

まだ躊躇いがちに名前を呼んでくるのが可愛い。津森はよく葵生のことを可愛いと言うけど、津森だって葵生から見れば十分可愛いのだ。

「俺たちも一緒に暮らそう？」

少しばかり遠慮がちになされた予想通りの提案に、葵生はしっかりと頷いた。

あとがき

こんにちは。「妖精様としたたかな下僕」をお手にとっていただき、ありがとうございます。鈴木あみです。

ＤＴ部シリーズ四冊目は、自分にべた惚れの後輩に、目一杯甘やかされる先輩受のお話です。この小嶋くんがシリーズ最後の童貞になります（笑）。ちょっと偉そうなんですが、間違いなくＤＴです。そして下手《したて》に出ているようで、けっこうそうでもない非ＤＴの攻、津森……。

学生時代から仲がよかった二人のお話なので、そのあたり追憶とか書くのもとても楽しかったです。

なお、一〜三冊目の主人公だった白木千春たちＤＴ部メンバーとその彼氏もちらちらと顔を出していたりします。でも一話完結式のシリーズですので、このお話だけ読んでいただいてもまったく大丈夫です。

ちなみに今回は二人が勤めているレコード業界の話も出てきますが、そのあたりの考証は、元レコード会社勤務だった二見書房編集のYさんにご協力いただきましたので、安心して読んでいただけると思います。Yさん、本当にありがとうございました。

イラストを描いてくださった、みろくことこ様。今回こそは本当に大変なご迷惑をおかけしてしまい、申し訳ありませんでした。にもかかわらず、素晴らしいイラストをありがとうございました。今まで作中であまり受けらしくなかったはずの小嶋の色っぽさもさることながら、津森も本当に超！　イメージそのままでした！

担当さんにも、今回は大変大変ご迷惑をおかけいたしました。本当に申し訳ありません。じ……次回こそ、頑張ります。何卒よろしくお願いいたします。

ここまで読んでくださった皆様にも、心からありがとうございました。また次の本でもお目にかかれましたら、とても嬉しいです。

鈴木あみ

鈴木あみ先生、みろくことこ先生へのお便り、
本作品に関するご意見、ご感想などは
〒101-8405
東京都千代田区三崎町2-18-11
二見書房　シャレード文庫
「妖精様としたたかな下僕」係まで。

本作品は書き下ろしです

CHARADE BUNKO

妖《よう》精《せい》様《さま》としたたかな下《げ》僕《ぼく》

【著者】鈴木《すずき》あみ

【発行所】株式会社二見書房
東京都千代田区三崎町2-18-11
電話　03(3515)2311［営業］
　　　03(3515)2314［編集］
振替　00170-4-2639
【印刷】株式会社堀内印刷所
【製本】ナショナル製本協同組合

落丁・乱丁本はお取り替えいたします。
定価は、カバーに表示してあります。

ISBN978-4-576-15007-9

http://charade.futami.co.jp/

CHARADE BUNKO

スタイリッシュ&スウィートな男たちの恋満載

鈴木あみの本

妖精生活

夫婦として過ごすって言っただろ?

イラスト＝みろくことこ

御曹司の真名部一唯は二十五歳にして童貞。清い体のまま結婚することに何も疑問はなかった。だが、結婚してもセックスが下手だと奥さんが欲求不満になるかも——DT仲間たちの会話を聞いた一唯は、遊び人の叔父・悠史に相談を持ちかける。手取り足取り愛撫されるうち、未開発の身体は快感にうずきはじめて…。